SEULE VENISE

DU MÊME AUTEUR

L'Office des vivants, Le Rouergue, 2001.
Mon amour ma vie, Le Rouergue, 2002.
Seule Venise, Le Rouergue, 2004.

© Editions du Rouergue, 2004

ISBN 978-2-7427-5573-8

CLAUDIE GALLAY

SEULE VENISE

roman

BABEL

Ô mon âme, n'aspire pas à la vie immortelle,
mais épuise le champ du possible.

PINDARE, *Troisième Pythique.*

Ça commence comme ça vous et moi, ce jour-là, en décembre 2002, bien avant de vous connaître.

Je viens d'avoir quarante ans.

Pourquoi faut-il que les dates aient tellement d'importance ?

C'est l'hiver. Il fait froid. J'aurais dû choisir une autre destination. Ou alors une autre saison. Qu'importe.

Dans le train, je commence à regretter. Je me promets de descendre à Aix et puis à Aix je m'endors et à Nice c'est trop tard.

L'Italie. Vintimille. Le train s'arrête dans des gares vides. Je regarde par la fenêtre. Il fait nuit.

C'est mon visage que je vois. Je le fixe. Je ne le reconnais plus.

Dans le silence, j'entends le tic-tac de ma montre. Le ronflement d'un homme dans le wagon à côté.

Le temps passe. Dans la nuit, je rêve qu'on me vole mes chaussures. Le bruit des rails sans doute. C'est le contrôleur qui me réveille. J'ai dû parler. Crier peut-être.

– Venezia! il me dit en pointant son doigt de l'autre côté de la vitre.

Je ne vois rien. Des parkings, des ronds-points. Quelques piquets dans la brume.

Et puis des gouttes d'eau sur les vitres.

Soudain c'est là, brusquement, de part et d'autre du wagon, partout, à perte de vue. Une eau brune, maussade.

Je baisse la vitre. Je passe la tête.

La lagune.

Sur la gauche, une île se détache. Quelques arbres avec du gravier autour.

Une île fantôme.

Une île comme une tombe.

Au loin, derrière la brume, un pan de mur, quelques pierres roses, le campanile dressé d'une église. Des façades perdues, noyées, comme absorbées.

Venise, l'opaque.

C'est ainsi qu'elle m'apparaît la première fois.

Après, le train entre en gare et je ne vois plus rien. Des rails, d'autres trains. Ça pourrait être Paris, Londres, Lisbonne.

Sur le quai, personne n'attend personne. On est une dizaine comme ça, à traverser le hall en tirant nos valises. À pas traînants. Des allures de zombie.

Quelqu'un près de moi dit *È Venezia*.

Un autre dit *È l'inverno*.

À cause du froid. Du vent glacial qui souffle en rafales. Je sors de la gare. Le parvis, tout en hauteur, avec les marches qui tombent directement sur le Grand Canal.

Celui qui a dit *È Venezia* m'aide à descendre ma valise. Il me montre les palais de l'autre côté du Canal. Les façades.

– Vous verrez, quand le brouillard se lève, c'est très beau. Vous restez longtemps?

Je ne sais pas. Ça va dépendre.

Avant de partir, j'ai vidé mon compte bancaire. De quoi tenir un mois, peut-être deux.

Pour finir, je me suis engueulée avec tout le monde. À la fin, j'ai débranché le téléphone. Quand on sonnait à la porte, je n'ouvrais pas. Je regardais par la fenêtre, comme les vieux, en tirant le rideau. Après, ça a arrêté de sonner. Entre les yeux, j'ai pris les barres de la colère.

Elles sont toujours là. Je frotte avec le doigt, elles ne partent pas.

Un soir, je me suis assise à côté de la cuisinière et j'ai respiré le gaz qui sortait des brûleurs. Pas assez de cran. Ou les brûleurs trop encrassés. J'ai eu mal à la tête pendant deux jours, une affreuse nausée.

Dans la boîte aux lettres, les factures ont fini par prendre l'eau.

Un matin, j'ai voulu éclairer, il n'y avait plus d'électricité.

Je suis allée au lavomatique rue Saint-Benoît. J'ai passé des jours à regarder mon linge tourner. Je me tirais des cafés-gobelets dans l'appareil à boissons. C'est le seul moment où je bougeais, quand je me levais pour aller tirer ma dose. Aller-retour, dix-huit pas, j'ai compté. Le carrelage, imitation marbre, je me souviens. J'ai une mémoire qui retient les choses comme ça.

Les cafés-gobelets, c'est mou, on croit toujours que ça va vous fondre dans les mains à cause de la chaleur qui traverse. C'est plus solide qu'on ne croit. Ça ne fond pas, ça ramollit, c'est tout. Je prenais la place, toujours la même, au bout du banc. Avec la machine en face. Et le radiateur derrière qui me chauffait les reins. Au bout de trois jours, je n'avais plus rien à laver. J'ai fait tourner mes serpillières. Une ou deux fois, j'ai même fait tourner à vide.

À la fin, j'ai compris que je pourrais passer ma vie ici, à ne rien faire d'autre que fixer ce tambour.

J'ai compris que la folie pouvait commencer comme ça. Dans cette image obsédante.

Qu'elle commençait aussi dans les regards autour de moi. Les silences.

Je suis revenue le lendemain et le lendemain encore. Je voulais voir jusqu'où je pouvais aller.

Des heures.

Des jours.

Pour me casser la faim, je volais les pommes qui traînaient dans les cageots à la fin du marché. Quand je rentrais chez moi, j'avalais deux Lexomyl, ça m'assommait.

Et puis un matin, un gosse s'est planté devant moi. C'était un gamin chétif, cinq ans à peine, avec des jambes maigres qui dépassaient de son pantalon. On aurait cru moi, au même âge, en garçon.

Il m'a regardée et puis il a regardé la machine, tour à tour, il a fait ça plusieurs fois.

J'ai décidé de partir à cause de ce regard-là. Quand j'ai compris que si je ne partais pas j'allais revenir tous les lendemains de ma vie.

Que cette vie en vaudrait sans doute une autre.

Mais que l'enfant allait grandir et que ça n'en finirait pas.

Venise, je n'ai pas choisi. Ça s'est présenté comme ça, à cause d'un poster sur un bus de ville.

J'ai pensé que Venise, peut-être.

J'ai trouvé une adresse en feuilletant un vieux *Routard*, une pension dans le Castello. Le propriétaire s'appelle Luigi. Au téléphone, il m'a dit qu'il lui restait une chambre, que je pouvais venir tout de suite si je voulais.

J'ai pensé à tout sauf au brouillard.

Devant l'arrêt des vaporetto. L'homme qui m'a aidée à porter ma valise est toujours là.

– D'habitude, les touristes restent peu de temps.

– La seule chose, c'est d'éviter les lavomatiques, je lui réponds. Il y a des lavomatiques à Venise ?

– Des lavomatiques ?

Il n'insiste pas.

J'achète un forfait trois jours. Je le glisse dans la poche intérieure de mon blouson et je rejoins l'embarcadère.

Trevor, il m'a plaquée. Je veux l'oublier. Je ne peux pas. Il me colle. Pire qu'un gant. Surtout la nuit.

Trevor, je l'ai aimé à m'en pourrir le ventre. Plus d'un an. Un an et vingt-sept jours exactement.

Et le soir du vingt-septième jour, j'ai cru avaler la mort.

Ça m'a fait ça. Cette impression-là exactement. De l'avoir dans la bouche et de la déglutir.

Je n'aimerai plus jamais comme ça. Avec cette certitude absolue.

Quand il m'a quittée, j'ai cru mourir.

Arrêt ligne 1. Au petit matin. Le vaporetto descend par le Grand Canal de la gare jusqu'à San Marco.

Je reste debout sur le pont, accoudée au bastingage. La lagune, c'est plutôt gris, vert, changeant, avec des algues qui flottent.

De l'eau, il en sort de partout. Je ne sais pas nager. J'ai froid aux doigts. Je cherche mes gants dans mes poches. J'ai dû les oublier dans le train. En ce moment, j'oublie tout. J'allume mon portable, un boîtier noir, touches claires, l'écran, Itineris sur fond vert, couleur lagune, avec dedans la voix de Trevor. J'ai gardé ses messages. Tous. Il faudrait que je vide, je ne me résous pas.

Depuis des mois il ne sonne plus.

J'appuie sur une touche. J'écoute. La voix rauque. Sèche. J'écarte un doigt. L'autre. J'ouvre la main.

J'ai toujours eu des relations difficiles avec les téléphones. Même du temps des fixes.

Je lâche.

Il tombe.

Il flotte. Un peu.

À peine. Il coule. La vase est juste dessous.

L'homme qui est à côté de moi me montre les eaux du Canal.

– Ce n'est pas profond, il dit. On a pied partout. Ici, même se noyer est impossible.

– Impossible ?

– Pas vraiment, mais compliqué. Tout est envasé.

Après, il dit quelque chose en vénitien. Le vénitien, je ne le comprends pas. L'italien seulement. Trois ans au service de tour-opérateurs, j'accompagnais des groupes. Rome, Naples, le Sud, j'ai tout fait.

Je ferme les yeux.

L'air sent la pierre mouillée, l'algue verte.

Et puis autre chose de plus obscur, comme l'odeur du poisson décomposé.

Des ponts, il y en a, mais pas tant que ça. Surtout des palais. Des gondoles aussi mais à quai à cause du froid.

San Marco. Je descends. La place, déserte. Immense parce que nue.

Les dalles mouillées comme s'il avait plu. L'eau suinte entre les pierres, autour, partout. C'est l'aqua alta, ce qui reste des montées de la nuit.

Au téléphone, Luigi m'a dit, après les deux lions de pierre, vous prenez à gauche, les pancartes bleues *Ospedale*, vous n'aurez qu'à suivre.

Je cherche les lions. Quand je les trouve, je m'enfonce dans les ruelles.

Les roulettes de ma valise font un bruit d'enfer. Je dois la porter pour franchir les ponts. Il n'y a pas assez de pancartes. Ou alors c'est moi qui ne les vois pas. Dix fois je dois m'arrêter, demander mon chemin.

Huit heures. La valise m'a scié la main. J'entre dans un petit bistrot de rue. Toutes les tables sont prises. Je bois un café calée contre le comptoir.

À côté du sucre, une corbeille avec des brioches. J'en prends une. Au milieu de la brioche, il y a de la confiture. J'en prends une autre. Ça me calme d'avoir de la pâte dans la bouche, cette impression de mâcher, de me bourrer. C'est comme ça depuis Trevor, j'avale plus que nécessaire. N'importe quoi.

Je reprends ma valise. C'est le matin, les boutiques ouvrent. Sur une place, un vendeur de légumes, des enfants avec des cartables, les mères qui suivent. Je les regarde, je me trompe de rue et je dois revenir sur mes pas. Je finis par arriver au Campo Santa Maria Formosa et de là, l'église San Giovanni e Paolo. La pension n'est plus très loin. Je sors l'adresse de ma poche, 6480 rue Barbaria delle Tolle, une lourde porte en bois vert avec en face un marchand de masques. Je remonte la rue.

Quand j'arrive devant la porte, je sonne.

La porte s'ouvre.

Derrière, un grand jardin entouré de murs. Tout au fond, la pension. L'ancien palais des Bragadin. La façade est recouverte d'un enduit rose. Vieux. Rongé. Du lierre sauvage s'agrippe au mur, des ronciers, et puis sur le devant, une glycine devenue presque arbre avec des branches qui retombent en tonnelles.

Une fontaine.

Des statues.

Un banc.

Tout en haut, à l'étage, une ombre passe. Elle reste immobile derrière la verrière et puis elle disparaît. Je remonte l'allée. J'entre dans le vestibule. Il fait sombre, humide. Le rio passe juste derrière. J'entends l'eau, le bruit d'un bateau à moteur.

J'avance.

Ça sent la brique, le plâtre à nu.

Au bas de l'escalier, des gamelles à chats. Contre les murs, les traces de l'eau qui suinte. Je grimpe en tirant ma valise derrière moi. Il n'y a pas de lumière. Je monte sans rien voir. Après le premier palier, je distingue tout en haut une porte avec au-dessus, une petite veilleuse rouge. C'est là que je vais.

Les dernières marches sont recouvertes d'un tapis de laine élimé.

Je n'ai pas besoin de sonner, dès que j'arrive la porte s'ouvre.

Luigi me laisse entrer et puis il referme derrière moi.

– Ne faites pas rouler, il me dit en montrant la valise.

C'est un homme petit, bedonnant, avec une moustache blanche et de tout petits yeux gris.

Il marche en glissant sur des patins de feutre.

– Vous avez fait bon voyage? il me demande.

Je laisse la valise dans le passage.

– Oui, le train était à l'heure. C'est incroyable d'être à l'heure après un voyage comme celui-là.

– Qu'est-ce qu'il avait de spécial comme voyage?

– Rien, des arrêts partout, dans toutes les gares. J'ai cru que je n'arriverais pas.

Il me fait entrer dans une pièce immense, une sorte de salon avec un piano, de grands miroirs qui reflètent la lumière. Contre les murs, des tableaux. Certains sont très sombres, je ne distingue rien. Sur d'autres, des visages, une scène de crucifixion.

Luigi me montre la table ronde près de la verrière.

– C'est ici que les repas se prennent, les petits déjeuners aussi.

Sur la table, un carton plein de guirlandes. À côté, un sapin.

La verrière donne sur le jardin. Luigi dit que l'été, il remplit le bassin de poissons. Il fait ça pour ses chats. Ses chats n'attrapent jamais les poissons mais ils les regardent.

Et lui, Luigi, il aime regarder ses chats quand ils regardent les poissons.

– Vous en avez combien ?

– Dix-huit. Mais ils n'entrent pas. Ils sont un peu partout, dans le palais, dans les caves, dans le jardin.

La verrière, des carreaux épais surmontés de vitraux. Derrière, la cour comme un grand puit de lumière.

– Ce n'est pas le plus beau des jardins mais il y a de la verdure et tout le monde n'a pas de verdure ici à Venise.

Sur la table, un bouquet de fleurs, des lys dans un grand vase. Sous le vase, un napperon brodé.

– Ça, c'est le règlement.

Il me met la feuille dans les mains, une liste de dix points avec en titre *Principaux usages pour le bien de tous*.

Il me demande de les lire devant lui.

Et de signer si je suis d'accord.

Le double, il le glisse dans sa poche.

Ensuite, il me fait visiter le reste de la pension. Un second salon, plus petit avec des fauteuils, des livres et la vue sur le rio. Des tableaux encore, des coussins en tissu de Venise. Des fauteuils, des sofas, des tapis.

Je m'approche de la fenêtre. Tout en bas, le rio coule en coude avec sur la droite un palais de briques roses. Au dernier étage, sous les toits, une fenêtre ouverte. Une femme bat ses draps.

Luigi ouvre une porte.

– La chambre de Casanova. C'est un couple qui l'occupe. Valentino, avec Carla, son amie. Elle est danseuse. Ils sont là pour les fêtes. Vous les verrez le matin au petit déjeuner. Le soir, ils rentrent tard. Ils vont danser à Mestre.

Mestre, il le dit du bout des lèvres.

Je passe la tête.

À l'intérieur, un lit à baldaquin. Des tentures rouges, des broderies. Une commode avec des flacons, une coupe pleine de cerises en verre. Des vêtements sur les sièges, par terre, froissés.

– Casanova a dormi ici ? je demande.

– On le dit mais beaucoup de gens disent ça à Venise. Vous avez lu les *Mémoires* ?

Je fais non avec la tête.

– Le livre est dans la bibliothèque. Vous pourrez l'emprunter si vous voulez.

Il referme.

Me montre une autre porte, plus en retrait.

– La chambre bleue. Elle est occupée par un professeur, un Russe. Il se déplace en fauteuil roulant. Il est là depuis cinq ans. Vous ne le verrez jamais le matin, seulement en fin de journée et à l'heure du dîner.

Il me prend par le coude.

– Et ça c'est votre chambre. La chambre aux anges.

Les anges, au plafond, peints sur fond bleu. Au milieu de la pièce, un lustre en verre. Le lustre n'éclaire plus. À la place, il y a des lampes. Et toute une boîte de bougies dans un tiroir.

Une cheminée avec des bûches.

– On peut s'en servir ? je demande.

– On peut.

Luigi m'explique qu'autrefois, cette chambre, c'était une salle à manger.

Autrefois, du temps des Bragadin.

Et que le lustre éclairait la table, les convives. Il me montre sous l'un des miroirs, un meuble avec deux radiateurs en fonte de chaque côté.

– C'est un ancien chauffe-plat.

Près de la fenêtre, un bureau d'ébène avec, posée dessus une lampe à abat-jour brodé.

– Le bureau de mon père, il dit en caressant le plateau de sa main.

Des bruits de marteaux piqueurs viennent du dehors.

– On a quelques travaux dans le palais en face. Ça ira?

La tapisserie est décollée. La fenêtre ferme mal. Un courant d'air filtre par en dessous.

Je fais oui avec la tête.

J'ouvre ma valise et je range tout dans l'armoire. Mes affaires de toilette sur la table basse. Les tubes avec les tubes. Les flacons. Mes chemises, mes chaussettes.

Je cherche l'ordre le meilleur.

Depuis quelque temps, c'est comme ça, mes manies reprennent. Ce besoin d'aligner. De tout ordonner avec ma main.

Quand j'ai fini, je me fais couler un bain. Il faut un temps infini pour que le bac se remplisse. Quand il est plein, l'eau est presque froide.

Je me trempe quand même dedans.

Depuis que Trevor m'a plaquée, je ne m'épile plus. Même me raser, je n'ai plus envie. J'ai le corps en friche. Je glisse mes doigts entre mes cuisses. Je ne ressens plus rien. Je m'en fous.

Onze heures. Je retrouve Luigi dans le salon près de la verrière. Il a bourré tout le dessous du sapin avec du papier mâché et maintenant il creuse pour faire la grotte. Les santons sont encore sur la table, dans une petite boîte remplie de coton.

– Ce n'est pas obligatoire, il me dit en montrant un carton près de la porte, mais ça protège les parquets et ça les fait briller.

Je me retourne. Dans le carton, des patins de toutes les couleurs.

Il pose sa guirlande et il vient fouiller dans le tas.

Il en sort une paire, des roses.

– Vous verrez, on s'habitue.

Je ne veux pas m'habituer.

Il me met les patins dans les mains.

– La couleur, ça vous va ?

Sur la table, l'étoile pliée dans du papier de soie. Un bouquet de fleurs séchées sur pied, des hortensias.

Au-dessus du piano, un tableau avec une bougie allumée. Le portrait d'une femme.

– *La mia donna*… il dit en s'approchant du portrait.

Il me montre une photo sur l'étagère. Un cadre de métal.

– Elle était belle n'est-ce pas ?

Et puis il sort l'étoile de son papier.

– C'est ma fille qui l'a faite. Elle avait cinq ans.

Il pique la relique à la cime de son sapin.

Sur la table, des magazines, des guides. Une sculpture en forme d'œuf trône dans une niche creusée dans le mur. C'est un morceau de basalte sombre, légèrement granuleux.

Luigi m'explique :

– Au solstice d'été, le soleil traverse les vitres et vient l'éclairer. Sa couleur change, elle vire au rouge, puis au noir. C'est très beau mais ça ne dure que quelques minutes. Douze exactement. Et c'est le seul moment de l'année où la chose se passe. Il faut être là.

Il y a de la poussière sur le piano. De la poussière aussi sur la sculpture.

Je passe le doigt, ça laisse la trace.

– Si vous la mettiez près de la fenêtre, elle serait éclairée toute l'année.

Luigi hausse les épaules.

Dans une coupe, il y a des petits bonbons enveloppés de papier doré. J'en prends un.

C'est de la réglisse douce.

J'en prends un autre et je le glisse dans ma poche pour plus tard.

Dans les rues, il y a des guirlandes et des sapins décorés. Des enfants qui plaquent leurs mains contre les vitrines. Des vendeurs de marrons. Des odeurs encore, prises entre les murs des ruelles, coincées là et puis mélangées. Des odeurs de vanille, de café, les odeurs plus chaudes du chocolat. Des parfums de femmes, des parfums de cuir. De sacs.

Je n'aime pas Noël.

J'avance, la tête basse. Je suis quelqu'un devant moi, un pas, des talons. Les sandales d'un moine. J'ai toujours aimé faire ça. Déjà dans les rues de Lyon. Trevor, je l'ai rencontré comme ça, un jour de spleen, je pistais ses chaussures, des Mephisto à semelles épaisses. C'était place Bellecour.

Il a fini par s'arrêter.

– Vous voulez quoi ? il m'a demandé.

On s'est regardés. Il y avait un cinéma tout près. On est allés voir un film. Un vieux Woody Allen, *Manhattan*.

C'était l'après-midi.

Le soir, on était chez moi. C'était allé un peu vite. Un peu trop sans doute.

Midi. J'arrive au Rialto par hasard. Quand je relève la tête, le pont est là.

Je trouve un restaurant en bord de canal. Je dis au serveur que j'attends quelqu'un et il me donne une table pour deux, bien placée, avec une bougie et la vue sur les gondoles. Les gondoles ne sortent pas. Il fait trop froid. Elles sont recouvertes d'une bâche qui les protège de l'eau.

Il n'y a pas de gondoliers, juste un passeur qui fait la navette d'une berge à l'autre. Il fait ça avec une barque à fond plat. Ceux qui traversent restent debout, droits, en Vénitiens.

Le temps passe. La bougie commence à fondre. Le serveur me regarde bizarrement. Quand il voit que j'enfonce des allumettes dans la cire, il m'apporte mon plat, une assiette de taglionis aux fruits de mer, un verre de vin blanc. Je bois mon verre. Il est frais, agréable.

Je reste à mâcher derrière la vitre.

Je commence à rêver. Parfois je rêve si fort, je sens le rêve dans ma bouche. Ça me fait grincer des dents. Les clients se retournent. Les femmes surtout.

Le serveur m'apporte mon dessert, deux boules de glace avec un biscuit sec piqué dedans. L'addition dans une coupe. Il débarrasse en emportant mon verre, ma serviette et les restes de la bougie que j'ai fini par faire couler sur la nappe.

Je traîne comme ça une partie de l'après-midi.
Quand je reviens, Luigi est dans sa cuisine en train
de coller des allumettes sur une grande planche de
bois. Il finit une maquette, un grand bateau avec
des voiles qu'il découpe dans du tissu blanc.

La télé est branchée.

La cuisine de Luigi, c'est un endroit privé.
C'est écrit dans le règlement. Si on a besoin de
lui, il faut appuyer sur une sonnette près du
piano. Comme la sonnette ne marche pas, on
toque au carreau.

Privées aussi les chambres même si elles ne
ferment pas à clé.

Dix-huit heures. Dans ma chambre. J'ai les
pieds en feu, des ampoules derrière les chevilles.

J'enlève mes chaussures, mes chaussettes. Avec une paire de ciseaux, je coupe la peau et je colle deux sparadraps par-dessus. Le lit est mou. Je me couche dans le creux. Je dors.

Quand je me réveille, il est plus de dix-neuf heures.

Le Russe est déjà à table. C'est un grand vieillard à demi paralysé qui se maintient comme il peut dans son fauteuil en ferraille.

Un visage large, recouvert de barbe. Des yeux clairs.

– Bonjour, je dis.

Avec son couteau, il pique un morceau de gruyère et il le pose dans son assiette.

Je m'assois.

J'ai le crucifix de face. Quand je lève les yeux, je vois les clous.

La soupière est sur la table, encore fumante. C'est une soupe de poisson, chaude, épaisse, avec des croutons de pain qui flottent. Le Russe ne dit rien. Peu m'importe. Le silence j'aime ça. C'est parler qui m'arrache.

Quand il a fini son fromage, il plie sa serviette et il fait pivoter le fauteuil. C'est comme ça que je vois. Les roues enveloppées dans le feutre, le même feutre que les patins, on ne les entend pas. Aucun bruit, juste la porte de sa chambre quand elle se referme.

Luigi s'approche. Il reprend la soupière et il pose devant moi une assiette avec une crêpe noyée dans de la crème aux champignons.

– Vous étiez en retard, il dit.

– En retard ?

– Le dîner, dix-neuf heures précises.

Il me montre la porte du Russe.

– Il ne supporte pas le retard.

Sur le sapin, les guirlandes clignotent. Rouges, jaunes, bleues, avec dessous la crèche dans la grotte de papier.

Dans la grotte, il y a l'enfant Jésus, avec Marie, Joseph, l'âne et le bœuf. Les Rois mages un peu en retrait. Une petite musique filtre par en dessous.

– Il ne sort jamais de là ? je demande.

– Jamais, depuis cinq ans.

– Il fait quoi de ses journées ?

Luigi enlève les assiettes, les couverts. Il pose tout sur un plateau et il ramasse les miettes.

– Le petit déjeuner, à neuf heures ça ira ?

Il repart comme une ombre en glissant des patins sur le plancher.

Quand il passe près du sapin, il débranche la guirlande et tout s'éteint.

Première nuit. Sans rêve. Il fait froid. Je me lève pour prendre une couverture dans l'armoire.

J'entends de la musique au bout du couloir. J'ouvre la porte. C'est le Russe.

Il y a de la lumière sous sa porte.

Je les vois le premier matin quand ils sortent de la chambre, encore pris l'un dans l'autre. Jeunes, serrés. Accrochés.

La vie ne leur est pas encore passée dessus.

Je les regarde venir, elle dans sa robe de tissu sombre. Une petite veste en laine. Les cheveux noirs ramenés sur le côté en une longue tresse. C'est démodé mais ça lui va bien.

Lui, il est beau. Italien. Un peu trop.

Avec Trevor, on s'aimait comme ça.

En aveugle.

Peau à peau. Collés.

À toujours se toucher pour savoir si l'autre était là.

Je sens leurs cuisses se frotter sous la table.

– Je m'appelle Carla, elle dit en me tendant sa main.

Une main chaude, sans bague.

Sur la table, le thé, le café, le beurre et les croissants. Le tout disposé dans des assiettes, sur des napperons de dentelles. Des vrais, en tissu, Luigi le dit, nous sommes chez les Bragadin.

– Vous êtes en voyage d'amour ? elle demande en regardant du côté de ma chambre.

Le café est chaud, presque brûlant. J'en avale une gorgée et je repose ma tasse.

– Je suis à l'étape suivante. Celle où il faut oublier.

Je prends une tranche de pain.

– Vous verrez, je dis en plantant mes yeux dans les siens.

Mes yeux sont bleus, les siens sont noirs.

Je tartine le pain de beurre et je plonge la cuillère dans la confiture. C'est de la poire. J'en remonte de gros morceaux confits.

J'ai pris cinq kilos depuis Trevor et toute cette confiture que j'avale, ça n'arrange rien.

Je mords dans le pain et je me sens baver.

Je veux lui faire envie.

– L'amour, c'est un leurre, je dis en mâchant.

Elle comprend. D'un coup ses lèvres deviennent blanches. Je crois qu'elle va se lever et partir.

Elle reste.

Lui, quand il voit comment la conversation tourne, il se lève et il va lire son journal dans le fauteuil du petit salon.

Le matin, je marche. Je me perds. À midi, je rejoins les quais. Je déjeune dans une *trattoria* avec vue sur la lagune, l'île du Lido au loin et sur la droite, le palais des Doges. Il n'y a personne. Pas de touristes. C'est l'hiver.

Luigi m'a dit profitez-en, quand la bora va se mettre à souffler vous ne pourrez plus aller là-bas.

La bora, le vent des fous.

Un vent d'est qui descend des plateaux et vient se finir là, sur les bords de l'Adriatique.

Un vent voyageur.

La bora.

Début d'après-midi. Une brume légère tombe sur la ville, la lumière devient blanche, elle recouvre tout, elle trahit les formes, les ombres. Elle trompe les distances.

Un homme qui promène son chien m'explique qu'en face, sur l'île de la Giudecca, il y a une prison pour femmes. Il dit que l'été, quand il fait très chaud, il les entend crier. Il dit aussi que les marins s'approchent pour entendre ces cris-là. Que certains en deviennent fous. Qu'ils ne veulent plus quitter Venise à cause de ces cris.

– Au printemps dernier, le *Belem* a accosté ici, Riva degli Schiavoni.

– Le *Belem*?

– Un voilier magnifique. Il fait le tour du monde.

Il me montre l'endroit. Il dit que c'est quelque chose de merveilleux la vue de ce trois-mâts à Venise, dans cette lumière, avec tous les hommes en salut sur le pont.

Vaporetto ligne 1, je descends, une des dernières stations en quittant le Grand Canal. La Salute, une église de pierres blanches. Le froid a rendu les marches glissantes. J'entre dans l'église. À l'intérieur, des tableaux, des colonnes, un grand lustre accroché par une chaîne au milieu du dôme. L'endroit est silencieux. Je reste un moment debout près de l'entrée. Après, je rejoins les quais. Posées sur des barges, des grues curent les bords du Canal.

Je ne sais pas encore que je viendrai là, plus tard, avec vous.

Je marche. Je veux faire le tour de Venise. Je crois cela possible, cela ne l'est pas. Le quai finit en butée contre un pont. Après, c'est la gare maritime. Impossible d'aller plus loin.

Je reviens sur mes pas. Dans le dedans de la ville. Les ruelles. Les venelles. Tout ici ramène vers l'intérieur. Toujours. Même les culs-de-sac.

Je finis par étouffer. Je retourne à San Marco et je grimpe à la cime du Campanile. En ascenseur.

Une rampe permet à un cheval de monter tout en haut de la tour.

C'est le gardien qui m'explique.

– Aucun cheval n'est jamais monté mais la rampe existe. Et elle a été conçue pour ça.

Un chemin secret au-dedans de la tour.

Une petite chose inutile.

Précieuse.

Devenue avec le temps un repaire de pigeons.

L'ascenseur donne sur la cime de la tour. De là-haut, je vois les toits rouges de Venise, plus loin encore, la lagune, le cimetière, les îles.

Îles des vivants.

Îles des morts.

Îles abandonnées.

Je vois le parvis dessous, au pied de la tour. L'ombre massive de la cathédrale.

C'est le gardien qui vient me chercher.

– On ferme, il dit.

Et il me fait reculer parce que je suis trop près du mur à regarder en bas et qu'il ne veut pas d'ennuis avant la fin de son service.

Le soir, je suis à l'heure pour le dîner. Le professeur me tend la main par-dessus la table. Il me sourit.

– Vladimir Pofkovitchine, prince de Russie.

C'est une main épaisse, une sorte de pelle avec des ongles larges et des veines gonflées.

J'attrape la main, je la serre, pas trop fort.

– Du matériel russe, il dit en tapant du poing sur la roue du fauteuil.

Dans mon assiette, ma serviette de la veille roulée dans un rond de bois, *la camera degli angeli*, deux gondoles pyrogravées de chaque côté.

Je m'assois.

– Française?

– Oui… Région lyonnaise, le Dauphiné.

– Le Dauphiné? C'est le centre, les brumes…

Il se cale dans son fauteuil, les deux mains sur le ventre, en appui.

–Expliquez-moi.

–Entre Lyon et Grenoble, mais la région est défigurée : TGV, autoroutes, constructions à tout va! Ils laissent faire n'importe quoi. Vous parlez bien le français.

– J'ai passé quelques années à Paris. Mes *r* sont encore un peu roulés vous ne trouvez pas? Il paraît qu'il n'y a plus rien à faire contre ça. Qu'est-ce que vous venez faire à Venise?

– Trouver l'amour, je réponds.

Il hausse les sourcils.

– En plein décembre?

– Pourquoi, il y a une saison?

On commence à manger. En silence. Je n'ai pas de conversation. Ou alors lente. Irrégulière. Ceux qui me connaissent le savent.

– Mon poisson rouge a crevé, je dis. J'ai perdu mon boulot. Mon mec m'a plaquée.

– Dans quel ordre?

– Le poisson à la fin.

Le professeur s'essuie les lèvres avec le coin de sa serviette.

– Qu'est-ce qui s'est passé?

– Un soir, je l'ai sorti du bocal et je l'ai posé sur la table.

Le professeur ne cille pas. Il ouvre la bouteille, respire l'odeur du bouchon.

– Un sancerre, 98. Je le fais venir exprès de France.

Il se sert et il goûte.

– Mmm… Il est bon. Donnez-moi votre verre.

Je trempe mes lèvres dans le vin. Il attend que j'avale. Pas tout, une gorgée seulement.

– Alors?

– Très bon.

Je finis mon verre et je sens les couleurs revenir.

Le professeur me regarde.

– Votre poisson, pourquoi vous lui avez fait ça?

– Je voulais voir si je pouvais supporter davantage.

– Et alors?

– Je pouvais.

Il sourit.

– On peut toujours.

Luigi nous apporte des seiches cuites dans une casserole de fonte rouge. Du riz. Il laisse la casserole sur la table.

– Vous êtes vraiment prince? je demande.

– D'une grande lignée! Mon père était colonel des armées sous le tsar Nicolas II. Mon grand-père officier supérieur, vice-gouverneur à la forteresse Pierre et Paul de Saint-Pétersbourg.

– Rien que ça?

– Vous avez tort de rire.

Il me montre l'écusson cousu sur la poche de sa veste.

– Je suis prince, de sang bleu, la descendance des Pofkovitchine. Les derniers princes de Russie.

Sans me lâcher des yeux, il prend son couteau et il s'entaille le doigt. Une goutte de sang coule, tache la nappe

Le ton est donné. C'est dit, le soir, on dîne à la même table et il va falloir s'habituer.

Carla et Valentino se lèvent tard. Juste avant de partir, Carla, dans le petit salon, près de la fenêtre ouverte. Elle fait ses pointes, le corps moulé dans un justaucorps noir.

Quand elle m'aperçoit, elle me fait un petit signe avec la main.

Luigi m'a dit, les premiers jours c'est toujours comme ça, on marche, on se perd. Après, on apprend.

C'est en me perdant que je trouve la Fenice. Ce qu'il en reste. Un passage couvert avec des tôles de fer et des palissades de bois. Des panneaux de danger. J'entends derrière. Des bruits de marteaux, de planches que l'on cloue.

Le quartier est triste. J'achète un sachet de biscuits dans une boulangerie tout près et je quitte l'endroit.

Venise, c'est un labyrinthe maudit. Je renonce à demander mon chemin. Je suis les pancartes indiquant le Rialto. Quand il n'y a plus de pancartes, j'avance à l'instinct.

Campo San Bartolomeo, plus loin l'église Santa Maria dei Miracoli.

Le vent se lève. Brusquement. Une rafale suivie d'une autre. Le linge se met à battre aux fenêtres. Les draps, les tissus de couleur. Dans les venelles, les passants se hâtent, des ombres emmitouflées, hommes, femmes, impossible à dire. Les pas, le bruit des talons sur le sol.

Le cri étouffé d'un enfant.

D'un coup, les rues se vident.

C'est le vent.

La bora.

La violente.

Un volet claque quelque part au-dessus de moi. Un autre. Et puis une porte.

Les pas s'éloignent.

Il est quatre heures et il fait déjà nuit.

Campo Bruno Crovatto. Un chat débouche d'une ruelle, un chat jaune, presque roux, il traverse le campo désert et il va miauler devant une porte. La porte s'entrouvre et le chat entre.

Je m'approche de la fenêtre.

Une vieille grille en fer rouillé. Une lampe allumée. Des livres derrière, sur des étagères, empilés. C'est une boutique. Un pantin rouge pend, accroché par ses ficelles au battant intérieur de la fenêtre.

Derrière la fenêtre, il y a un bureau. Sur le bureau, des livres, des papiers, des cartons.

Maintenant, il y a le chat.

Et derrière le bureau, il y a vous.

C'est comme ça que je vous vois la première fois. En homme assis. En train de lire alors que dehors la bora souffle et menace de tout arracher.

La lumière de la lampe éclaire vos mains. Les livres sur la table. Elle éclaire tout le haut de votre corps penché.

C'est comme ça que je vous vois ce jour-là.

Vous devez vous sentir observé parce qu'à un moment vous levez la tête. Il fait nuit. Vous ne pouvez pas me voir et pourtant vous tendez la main, vous fermez le rideau.

Le pantin se retrouve coincé entre le rideau et la fenêtre.

Je ne vous vois plus. Simplement votre ombre dessinée. Derrière, la lumière continue de briller. À peine si elle traverse l'épaisseur du tissu.

La Calle delle Cappuccine, une ruelle tout près de la pension, une passe étroite qui s'enfonce entre deux hauts murs et permet de rejoindre les quais de Fondamenta Nuove. La pierre y est rongée, grattée. Le vent s'engouffre là-dedans comme dans un couloir. Tout au bout, la masse grise de l'eau. Les murs de briques rouges. L'île de San Michele, l'île des morts. Tous les morts de Venise. Là-bas. Ensevelis.

Je laisse courir ma main sur la pierre. Je gratte. Ça me laisse de la terre ocre sur les doigts. Un goût de sel.

Ici, c'est une autre Venise. Une Venise qui s'ouvre. Presque sanguinolente.

Un taxi remonte le rio. Je m'accoude au pont et je le regarde venir. Je jette des cailloux dans l'eau. C'est un bateau en acajou vernis avec des gens en noir et une femme qui pleure. Quand il passe sous le pont, je vois le cercueil, son vernis brillant et la plaque de métal.

Les fleurs.

On meurt aussi à Venise.

J'arrête de jeter des cailloux.

On dit que les murs du cimetière s'enfoncent. Qu'un jour, des pans entiers glisseront dans la lagune et qu'ils emporteront les cercueils avec eux. On dit que ce jour-là, on ne saura plus qui est qui, et qu'alors la mort reprendra ses droits.

On dit que ce jour n'est pas loin.

Fichés dans l'eau, des pieux délimitent le chemin que prennent les bateaux. Tout est silencieux, humide. Je traîne.

Un café. Des vieux au comptoir, des pêcheurs et des photos d'acteurs punaisées contre les murs. Photos, en noir et blanc.

Je bois un chocolat en regardant dehors la mer qui cogne contre le quai. J'achète un sachet de Zaleti, des biscuits secs que je mange en attendant le vaporetto. La lagune est grise, par endroit rendue brune par les remontées de vase.

Ligne 52, le canal de Cannaregio, le pont des trois arches avec sur la gauche, les quartiers sombres du Ghetto.

Je descends à la gare. Je traverse par le pont. C'est jour de marché dans les quartiers de la Pescheria.

Du poisson, il en arrive par barges entières. Des légumes. Des fruits.

Sous les halles, des marchands d'épices et d'autres qui vendent des étoffes, des grands rouleaux de couleur. Les bâches rouges claquent au vent.

Une vieille femme est assise sur des cartons. Elle a les chevilles bleues, les veines nouées.

La main ouverte.

À côté d'elle, quelques bananes à moitié pourries. Quand je vois ses veines, je lui donne ce qui me reste de Zaleti.

C'est par hasard que je retrouve votre boutique, sans la chercher, sans même y penser, à un moment, je lève les yeux et la vitrine est là.

La fenêtre, le pantin.

Des livres dehors, sur des tréteaux, dans des caisses.

Une affiche est scotchée sur la porte. Écrite à l'encre noire : *non datemi del latte perche mi fa male. Lulio (il gatto rosso).*

Dessous, la photo d'un chat.

Je pousse la porte. Le bois a gonflé, il force sur le plancher. À l'intérieur, c'est plein de livres, de renfoncements obscurs et de cartons en tas.

C'est plein d'étagères, de vitrines, avec des affiches contre les murs, des photos punaisées. Une lumière jaune tombe du plafond. Elle éclaire tout en ombre.

– Bonjour, je dis et je m'avance là-dedans comme on avance dans une grotte.

Les livres sont classés par thème, histoire, littérature, arts. Des lettres sont scotchées. Par endroits, elles se décollent.

– Vous avez un plan ? je demande.

– Un plan ? Je ne fais pas ça.

Votre voix, rauque. Une voix de fumeur. C'est ce que je me dis la première fois que je l'entends.

– Je peux trouver ça où ?

– N'importe où. Un kiosque à journaux.

Autour du bureau, ça sent la fumée à cause du cendrier, des mégots mal écrasés. Je m'approche.

– Vous le vendez ? je demande en montrant le pantin à la fenêtre.

Vous faites non avec la tête.

Sur le bureau, des livres encore en piles chancelantes. Des stylos, des papiers, un téléphone. Au milieu de tout ça, un grand livre ouvert. Une double page en couleurs. Je tourne autour de la fenêtre et autour du livre.

Je regarde la photo.

– La Plazza Mayor de Salamanque, je dis en mettant le doigt dessus.

Vous levez la tête.

– Vous connaissez ?

– J'y suis allée l'an dernier. Il faut prendre un café sous les arcades, au petit matin. Voir la place comme ça, sans personne.

Vous vous approchez. À votre tour, vous posez la main sur la photo.

– Parfois, avec un peu de chance, on aperçoit des cigognes solitaires sur le toit de la mairie. C'est alors un moment inoubliable.

C'est votre voix qui m'a plu. Cette voix comme arrachée de votre ventre.

Et puis après vos yeux.

– Vous pouvez le feuilleter, vous dites en me mettant le livre dans les mains.

Vous me montrez la chaise, le chat qui dort dessus.

– Vous pouvez aussi vous asseoir.

Vous soulevez le chat et vous le posez sur le bureau.

– C'est lui le chat Lulio ? je demande.

– Oui.

– Le lait le rend malade ?

– Le lait rend malade tous les chats mais les gens ne le savent pas.

J'ai chaud. J'aimerais enlever mon manteau, je ne le fais pas. Je pose mon écharpe sur un carton près du bureau.

Vous retournez au fond de la pièce.

Vous ne dites rien.

Je tourne les pages.

Pour moi, la Plazza, c'est Trevor. L'amour avec Trevor dans les draps, trois jours sans sortir. De Salamanque, je n'ai rien vu. Rien retenu. Je ne peux pas vous dire ça.

J'ai de la poussière dans les yeux, une furieuse envie d'éternuer.

J'attends quelques minutes encore et je referme le livre.

Je me lève. Je vous dis au revoir ou merci. Ou les deux à la fois.

Vous ne répondez pas.

Midi passé, tout près d'ici, sur le Campo Santa Maria Nova. Je commande un verre de vin avec dans une assiette, des tranches de saucissons de taureau.

Sur la place, quelques bancs, deux grands arbres. Des gosses jouent au ballon contre le mur.

Je vous oublie.

À ce moment oui, vous n'êtes rien encore. Juste ce devenir que je porte.

Une histoire possible.

Vous êtes cela.

Seulement cela.

– Che cosa dice?

– Niente.

Je reste un moment à rêver derrière la vitre. Quand je sors, je porte la main à mon cou. Je n'ai plus mon écharpe. Je l'ai oubliée chez vous, sur le carton. Je traverse la place.

Quand j'arrive, il est treize heures, la librairie est fermée.

Le soir, je suis à l'heure pour le dîner, même un peu en avance. Je trouve le prince dans le salon, sous la lampe. Dans son fauteuil, cloué, soudé à cette chose comme à un deuxième corps.

Il repose son livre sur la table à côté de lui et il fait pivoter les roues.

– Vous avez pitié? il dit en suivant mon regard. Il ne faut pas. C'est de la bonne mécanique.

Il me montre le siège à côté de lui.

– Venez vous asseoir.

Un siège bas, recouvert d'un velours usé, avec des petits accoudoirs en bois sculpté.

– Alors, cette journée?

– C'est l'hiver, je réponds. Je ne sais pas si j'ai choisi la bonne saison.

– Toutes les saisons sont bonnes ici. Où êtes-vous allée?

– Un peu partout… Dans le quartier du Rialto.

– Vous avez vu le Bossu? C'est une statue qui supporte le pont.

– Non.

Le prince reprend sa pipe. Il la glisse entre ses lèvres et il craque une allumette. Il approche l'allumette du tabac.

– Au Rialto, on a vendu de tout, même des esclaves et des putains. C'était un sacré lieu de débauche.

Il aspire, plusieurs fois, la flamme vacille. Le tabac s'enflamme. Il regarde autour de lui, songeur.

– Même ici, dans ce palais, allez savoir... Qu'est-ce que vous lisez en ce moment?

– En ce moment… Rien.

– Rien? Vous n'aimez pas ça?

– Je ne sais pas…

– Comment ça vous ne savez pas? Les Français aiment lire, c'est connu!

Il se penche sur la bibliothèque, tire des rayons un livre cartonné de rouge.

– Tolstoï, un des plus grands.

Il me met le livre dans les mains.

– *Anna Karenine*, une version en français. ça devrait vous plaire.

Les livres, je n'ai pas l'habitude. Je suis plutôt magazines, reportages télé. Je glisse le livre sur la table.

– Comment vous êtes arrivé ici ? je demande.

– Par avion et après par bateau.

– Ce n'est pas ce que je veux dire... Ce n'est quand même pas la ville la plus facile.

– Les difficultés forgent le caractère, mon père disait ça.

– Et vous voulez finir votre vie ici ?

Le prince me montre la neige, dehors, le ciel blanc.

– Vous savez qu'il va neiger ?

Le lendemain, c'est dimanche, votre boutique est fermée. Fermée aussi le lundi matin. J'attends l'après-midi.

– Votre écharpe? vous dites en regardant autour de vous.

Elle est là, glissée entre un carton et le mur. Je vous montre. La laine a pris l'odeur de la boutique. Vous la secouez à cause du chat qui s'est couché dessus. De la poussière. Les poils volent.

J'éternue une fois et puis une autre. Après, je promène ma main dans les rayons. Je range les livres. Tranche contre tranche. Du doigt. Machinal. C'est plus fort que moi.

Vous vous approchez.

– Les livres, ça doit respirer.

Trevor disait des choses comme ça, *c'est impossible de respirer avec toi*, ou *tu m'empêches de vivre*. J'ai tout écrit dans un carnet, tous ses mots jusqu'au dernier, le soir du vingt-septième jour, quand il a dit *salut* et qu'il a dévalé les escaliers.

Il m'a laissé le poisson rouge.

Après, je n'ai plus entendu le son de sa voix sauf sur son répondeur. J'appelais dix fois, vingt fois, j'écoutais son message en boucle. Sa voix. Son souffle. Un jour, il n'y a plus eu de répondeur.

Je baisse le front.

J'ai envie de partir.

Je prends un livre, je le repose.

J'en prends un autre.

Je m'approche du bureau et je caresse le chat. Demain, j'irai sonder le canal et chercher un endroit d'eau profonde. Il doit y en avoir un, c'est impossible autrement. Le chat se met à ronronner. Ça lui remonte du ventre, un long tremblement régulier.

– C'est un bon chat, je dis.

Vous me prenez le livre des mains parce que je le serre trop fort, que ma sueur finit par s'imprimer dans la couverture de cuir. Vous le remettez à sa place, sur une pile derrière vous.

– Vous savez qu'il n'y a presque plus de chats à Venise ?

Vous revenez vers le chat.

– Celui-là, je l'ai trouvé sur l'île San Clemente. L'île San Clemente, vous connaissez? C'était un asile avant. Ils l'ont vidé pour faire un hôtel de luxe. Aujourd'hui, il n'y a toujours pas d'hôtel mais les fous sont partis. L'île est déserte. Il ne reste que les chats, des dizaines de chats qui se reproduisent à tout va. Ils sont trop nombreux, ils n'arrivent plus à se nourrir. Un jour, j'y suis allé. Je les ai vus. J'ai ramené celui-là.

De la main, vous caressez l'animal.

– C'est un chat très mystérieux. Parfois, quand nous sommes seuls, il se lève et il vient appuyer doucement son front contre le mien. C'est étrange n'est-ce pas?

Vous caressez encore.

– L'absence de chats, c'est la première souffrance de Venise.

– Luigi en a dix-huit.

– Luigi?

– L'homme qui tient la pension Bragadin.

– Je le connais. Il vient ici parfois... Un passionné d'histoire ancienne. Je ne savais pas qu'il s'appelait Luigi.

Vous souriez.

– Dix-huit chats! Cet homme est un vieux fou.

Vous soulevez les papiers qui traînent sur votre bureau. Vous essayez d'en faire une pile égale et puis vous les reposez.

– Vous avez lu tous les livres qui sont là? je demande.

– Tous, non! Mais j'en ai lu quelques-uns.

– Je lis *Anna Karenine*.

Dans un souffle. Comme ça. *Anna Karenine*.

Et puis je répète.

– *Anna Karenine*, de Tolstoï.

Ça vous fait rire.

– Vous voulez un café?

Vous laissez tous les papiers en plan, et comme pour m'expliquer, vous me montrez l'horloge.

– Quinze heures, c'est la pause.

Au fond de la boutique, il y a un rideau avec derrière, une sorte de réduit encombré de cartons. C'est là que vous allez. J'entends le bruit d'une casserole, l'eau qui coule. Une allumette craquée.

Pendant que vous faites ça, je traîne dans les rayons. Je prends un livre. Au hasard. Je l'ouvre, une page par le milieu.

Vous revenez avec un plateau, deux tasses, des sucres dans une coupe.

Vous versez le café dans les tasses.

Du doigt, vous me montrez le livre que je tiens contre moi.

– Zoran Music, vous connaissez?

Je fais non avec la tête. Vous vous asseyez sur un carton, moi sur la chaise en face.

– C'est un peintre. Il habite ici, à Venise, dans le Dorsoduro.

Je regarde le livre. Le titre. *La Barbarie ordinaire, Music à Dachau*, Jean Clair.

Vous allumez une cigarette.

– Cet homme est allé au plus loin dans la peinture. Il est allé dans ce qu'il était même impossible de peindre.

Vous me parlez de lui. Longtemps. En ouvrant le livre et en le refermant. Quand vous vous arrêtez, je souris. Peut-être que vous attendez que je dise quelque chose.

Je n'ai rien à dire. Je vous écoute.

À la fin, vous me montrez les dessins reproduits à l'intérieur. En noir et blanc. Dachau. Les camps. Témoignages tremblés. Des corps, squelettiques. Visages effrayés sur fond de murs.

– Vous avez chaud?

Je fais oui avec la tête.

Je regarde du côté de la fenêtre, le pantin de bois. La lumière sur la place.

J'achète le livre. Cent soixante pages. Recouvert d'une fine pellicule de papier translucide.

Je sors en emportant le livre serré contre moi.

Luigi nous a préparé de la daube de taureau avec des pâtes fraîches. La daube a un peu brûlé. Pour chasser l'odeur, il a ouvert le panneau central de la verrière.

Maintenant, tout le froid du dehors entre dans le salon.

Sur la table, une bouteille de bordeaux.

Le prince me sourit.

– Un saint-émilion de 86! Passez-moi votre verre.

Il le remplit.

– Spécialement pour vous, parce que aujourd'hui vous êtes à l'heure.

Je bois une gorgée. Il me regarde faire.

– Vous buvez vite, il dit.

Et puis il remplit le sien.

– Le vin, ça se pose, ça se garde. Après seulement on avale.

Il me montre. C'est comme un rituel. Silencieux.

Quand il a fini, il repose son verre.

– Alors, cette journée?

– J'ai rencontré un libraire Campo Crovatto.

– Manzoni?

– Je ne sais pas.

– Je vous le dis, le libraire du Campo Crovatto c'est Manzoni. Qu'est-ce qu'il vous a vendu?

Je sors le livre de mon sac.

– Mmm... Zoran Music.

Il ouvre le livre, en lit quelques phrases.

– Vous ne craignez pas le froid? je demande en montrant la verrière.

Le prince reprend son verre.

– Chez moi, il faisait bien plus froid que ça.

Il fait tourner le verre à hauteur de visage.

– C'était où chez vous?

– Saint-Pétersbourg.

Luigi apporte le plat, il le pose sur la table et puis il referme la verrière.

Le prince regarde le vin, par transparence, l'éclat grenat derrière l'épaisseur du verre.

– Je suis né là-bas, en 17, au début de la Révolution. Mais j'ai vécu à Berlin et j'ai passé cinq ans à Paris.

Il repose son verre.

Avec la cuillère, il soulève doucement les morceaux de viande. Les mélange à la sauce.

– Je vous sers ? À Berlin, nous avions une gouvernante française. Mon père m'a envoyé dans les meilleures écoles. Je parle le russe, l'italien, l'allemand, le français aussi et je lis le latin dans le texte. C'était un homme très exigeant. À dix ans il me faisait lire Dostoïevski et le pire c'est que j'aimais ça.

– Et votre mère ?

– Ma mère, c'était une musicienne, elle jouait dans un orchestre à Saint-Pétersbourg. Avec la Révolution, elle a dû s'arrêter. Après, quand on s'est installés à Berlin, elle a donné des cours de piano mais ce n'était plus pareil. En vieillissant, elle est devenue sourde. Les derniers temps de sa vie, elle écoutait la musique en posant ses deux mains en appui sur le piano. Mon frère Yvan jouait pour elle. Elle disait qu'elle l'entendait. Yvan est devenu un grand musicien. Aujourd'hui, il vit à New York.

On mange. On ne dit rien.

Après seulement, à la fin.

– C'était beau chez vous ? je demande.

– Oui, très beau.

– Beau comment ?

– Un château dans la campagne sur les bords de la Neva. Il faut pouvoir imaginer cela. Quand la Révolution a éclaté, j'étais un tout jeune enfant. Mon grand-père a été fusillé devant les grilles du château, par des miliciens, des paysans qui travaillaient pour lui. Ils lui ont demandé d'arracher ses galons. Un officier supérieur ne peut pas faire cela. Ils l'ont cloué aux grilles. Il paraît qu'il est mort en criant vive le tsar !

– Faut être con, je dis.

– D'avoir crié vive le tsar ?

– De pas avoir arraché ses galons.

On se regarde un moment en silence, après quoi le prince reprend son verre.

– Pensez ce que vous voulez.

Il boit une gorgée

– Vous avez fait quoi après ?

– Qu'est-ce que vous voulez qu'on fasse ? On est partis. Ma grand-mère avait un hôtel particulier à Saint-Pétersbourg. C'est là-bas qu'on est allés. On est restés enfermés plusieurs mois sans pouvoir sortir. Mon père pensait que ça allait se calmer, que cette révolution n'en était pas une et qu'on allait rapidement revenir au château. Avant de partir, ma grand-mère avait pris des toiles, des bijoux, tout ça glissé dans une valise. Ça nous a permis de tenir. Drôle d'époque! Je me souviens, on mangeait de la bouillie de maïs écrasé dans de la vaisselle en argent. Ma Niania s'occupait de moi.

– Votre Niania?

– Ma nourrice. Une femme admirable... C'est elle qui m'a appris à faire du vélo dans les couloirs de l'appartement. Vous vous rendez compte... Ma mère était enceinte de mon frère Yvan. Quand il est né, le typhus commençait à tuer des gens sous nos fenêtres.

Le prince me regarde, attentif.

– Vous buvez trop vite, il dit, ce n'est pas un vin de soif.

Il se carre dans son fauteuil, le verre à la main.

– Prenez le temps. Regardez cette couleur! C'est un vin de patience. Comme cette ville. Mon père disait que le savoir commence comme ça, en appréciant le bon vin.

– Je commence tard.

– L'important, c'est de commencer.

Il garde un peu de vin sur sa langue et il le laisse couler.

– Chaque vin que vous buvez doit vous rappeler un vin déjà bu, un parfum, une terre. De même que chaque chose que vous apprenez doit se rattacher à quelque chose que vous savez déjà. C'est ainsi que le savoir se construit. Buvez maintenant.

Le vin imprègne ma langue. Le goût reste, pénétrant.

– Alors ?

– C'est mieux.

Luigi apporte du fromage sur un plateau. On mange, on ne parle pas, le prince m'enseigne cela. Une chose après l'autre. Et après les paroles.

– Votre Niania ?

– C'était une campagnarde, une femme courageuse, très robuste. Les miliciens ne se méfiaient pas d'elle. Parfois, elle m'emmenait prendre l'air sur les bords de la Neva, dans les jardins, face au palais d'Hiver. Pour me sortir, elle devait m'habiller comme un gueux. On nous aurait abattus comme des chiens pour un poignet de dentelles.

– Et le château ?

– Il a été pillé et puis brûlé comme beaucoup d'autres. Il paraît qu'on voyait les flammes à des kilomètres à la ronde. La légende dit qu'il brûle encore.

– Vous n'y êtes jamais retourné ?

– Non.

Luigi enlève les assiettes, le pain. Il pose devant nous deux parts de tarte à la pomme.

Il nous souhaite une bonne nuit.

– Ils n'ont pas eu tort de les brûler, vos châteaux, je dis.

Le prince me regarde.

– On ne détruit pas ce qui est beau, quelles qu'en soient les raisons. C'est inconcevable.

– Vous dites ça parce que vous êtes du bon côté.

Il pousse vers moi l'assiette dans laquelle il y a sa part de tarte.

– Je n'aime pas la cannelle. Et il a mis de la cannelle.

Je finis ma part et j'attaque la sienne.

Je reste un moment, la fourchette en suspens.

– Votre bague, c'est quoi? Du diamant?

– Noir. Elle a traversé une partie de la Russie cachée dans l'ourlet de ma Niania. Ma grandmère n'a jamais voulu la vendre. Mon père non plus. Il me l'a donnée. Je mourrai avec.

Le prince me sourit.

– C'est un bonheur de vous voir manger.

Je finis par acheter un plan, mais pas chez vous. Ailleurs. Dans un kiosque Campo Santo Stefano.

Un plan détaillé, avec les impasses, les numéros de téléphone et tous les endroits à visiter.

Pendant trois jours, j'arpente la ville, les églises. Les Tintoret à la Scuola di San Rocco, les fresques du Titien, le musée de l'Académie. Je me mêle aux groupes. Je suis les guides.

J'avale tout, les enluminures à la Bibliothèque nationale, les Giorgione, les Carpaccio. À la fin, c'est trop, tout se mélange.

J'ai mal aux pieds. Je ne retiens plus rien.

Je finis par décrocher là, en plein Palais Ducal, dans la salle du Conseil des Dix, devant le *Jupiter foudroyant les Vices*. Un guide en français, il explique bien, je n'ai pas d'excuses. De toute façon, le Véronèse n'est qu'une copie, l'original est au Louvre, un vol de Napoléon.

Dehors, je retrouve le froid, la lumière. Le gris vert de la lagune. Ça va mieux. Je respire.

Je marche un peu.

J'achète trois cents grammes de chocolat. Du noir. Au détail.

Le goût, ça me rappelle la Suisse, mes vacances de printemps avec Trevor. Je m'avale ça sur un banc, emmitouflée dans mon manteau avec l'eau qui clapote autour des pontons.

Les salons du Florian. Banquettes de velours rouge. Petites tables en marbre blanc. Avec la vue sur San Marco.

– Il me faut la table sous le Chinois, je demande.

Le serveur a l'habitude. Il m'accompagne.

– Vous avez de la chance, il n'y a personne.

Un salon. Une table avec le tableau au-dessus. Je regarde le tableau. Le prince m'a expliqué. C'est à cause de Barrès, de Proust. Ils se donnaient rendez-vous ici, sous le Chinois. Et ils parlaient. Des après-midi entiers.

– C'est un prince qui m'a dit de venir là.

Le serveur me regarde, pas même étonné.

– Qu'est-ce que vous prenez?

– Un chocolat.

Le temps passe. Vide, silencieux. Feutré. Dehors, le ciel devient plus sombre, presque noir. Par contraste, la pierre vire au rose. Sur la place, les premières gouttes. Des parapluies s'ouvrent. Des passants se hâtent.

Le chocolat est chaud. Servi avec des petites meringues fondantes. Sur le chocolat, une petite mousse sucrée qui colle aux lèvres.

Des gens entrent. D'autres sortent. Certains se regroupent dehors, sous les arcades.

Maintenant, il pleut à verse.

Je commence à m'ennuyer. J'enlève ma montre. Je la pose à plat sur la table et je regarde les aiguilles tourner. J'aurais dû me mettre près de la fenêtre, maintenant la place est prise.

Les jours de pluie, j'aimais ça avec Trevor. Quand il m'a quittée, il a dit je ne peux plus tu comprends?

Sur un ton.

C'est le ton surtout.

Je fouille dans mon sac, je sors un mouchoir. Un moment, je vois tout brouillé. Je trouve le livre, je le tourne entre mes mains. *Music à Dachau*. Je l'avais oublié.

Je commande une tranche de gâteau. Je commence à lire, la première phrase, une citation de

Léon Bloy : « J'avais déjà le pressentiment que ce monde était formé à l'ignoble image des équarrissoirs. »

Le serveur pose le gâteau sur la table. À côté du livre.

Je relis la citation. Et puis je continue. Ça m'avale. Chaque mot et les mots suivants. Les camps, la peur, le désastre. L'horreur au quotidien.

Page après page. La faim. Le froid.

Et au milieu de tout cela, un homme dessine.

Je lis tout, même après, le dépôt légal et la quatrième de couverture.

Quand j'ai fini, je referme le livre.

Je ne le lâche pas.

Je ne sais pas combien de temps je reste là. Quand je relève la tête, il ne pleut plus.

Sur la table, il y a le gâteau et la boule de sorbet qui a fondu.

Je retrouve le prince à la nuit tombante dans le salon de lecture.

Il porte un costume bleu marine avec le col droit et une double rangée de boutons dorés.

Sur la table, ses lunettes, une boîte de pastilles. Dès qu'il me voit, il repose son livre.

– Je vous attendais.

Il me fait signe d'avancer.

– Venez vite vous asseoir.

Il tape du plat de la main sur le coussin du fauteuil.

– Alors, le temps aujourd'hui sur Venise ?

– Ce matin, il y avait de la brume. De la brume qui tombait et de la brume aussi qui remontait de la lagune. Un bateau est arrivé par le canal de la Giudecca, il est venu s'amarrer le long des Schiavoni. On aurait dit un fantôme.

– Et après?

– Après, j'ai visité des églises. Je ne sais pas pourquoi il y a autant d'églises à Venise, elles sont toujours toutes vides.

Je fouille dans ma poche, je sors la sous-tasse en papier que j'ai prise au Florian.

Le prince me regarde, curieux.

– Vous volez dans les cafés?

Il tourne la sous-tasse entre ses doigts.

– Vous avez eu la place sous le Chinois? il demande.

– Je l'ai eue.

– Et alors?

– Alors rien. C'est pas la meilleure place pour voir la cathédrale mais le chocolat est bon. Ils le servent dans des tasses de porcelaine. Quand on boit, ça laisse de la mousse sur les lèvres.

– De la mousse?

– Oui.

Il glisse la sous-tasse dans sa poche.

– Et quoi d'autre?

La journée défile. Pas longtemps.

– J'ai lu un livre. Celui sur Music, ce qu'il a vécu quand il était à Dachau.

Le prince se cale dans son fauteuil.

– Racontez-moi.

– Dans les camps, c'était l'horreur mais ça je le savais. Ce que je ne savais pas, c'est que des hommes qui étaient enfermés là-bas ont été sauvés de la mort parce qu'ils se récitaient des poèmes. Des poèmes mais aussi des livres… Ils retrouvaient les mots, les moindres détails. Ils parvenaient à cela. Ils avaient cette force. Et ça les a empêchés de mourir.

J'ouvre le livre.

– Écoutez, page 106 : « Ce que l'on garde en tête est le seul bien que la barbarie ne puisse vous ôter. »

Je regarde le prince.

– Ces hommes allaient chercher au fond de leur mémoire des morceaux de poèmes. Ils se mettaient parfois à plusieurs pour le reconstituer, et ils échangeaient des mots contre du pain.

– Et Music ?

– Music, lui, il dessinait.

Je tourne les pages.

– Regardez ces dessins… Il y avait des morts partout, autour, en tas. Il aurait pu être fusillé pour oser faire ça… Quand il est revenu des camps, il a essayé d'oublier. Et après, longtemps après, il a repris ses dessins. Il a pu de nouveau les regarder. Mais pendant de nombreuses années, même en parler il ne pouvait pas.

On parle. Longtemps. Autour, la pénombre gagne. Derrière la fenêtre, la nuit est tombée. J'allume la petite lampe.

À sept heures, Luigi nous appelle. Le repas est prêt. On passe à table.

Le prince reste songeur. Je n'ose pas le déranger. Quelques phrases seulement entrecoupées de longs silences. Je ne le sollicite pas, c'est lui, à la fin du repas :

– Je vais vous dire quelque chose que je n'ai jamais raconté à personne.

Il remplit mon verre, le sien. Je prends une gorgée et je la garde en bouche, comme il m'a appris.

– Là où j'habitais avant, à Berlin, il y avait un village. Ce village était encaissé dans une vallée profonde, entre deux collines. Un jour, des hommes ont décidé de construire un barrage. Les habitants ont dû abandonner leur maison. Ils ont mis tout ce qu'ils pouvaient sur des charrettes. Pendant des jours, sur les routes, ça n'a pas arrêté. Et puis à la date prévue, les soldats ont fermé les chemins d'accès, ils ont fouillé les maisons et après ils ont ouvert les vannes. J'étais avec mon père sur la colline quand ils ont fait ça.

Le prince fait tourner son verre entre ses doigts.

– Mon père faisait partie de ces hommes-là, de ceux qui avaient décidé la construction du barrage. Il a gagné beaucoup d'argent. Grâce à ça, il a pu acheter une propriété sur les hauteurs de Berlin, un vaste domaine qu'il a transformé en haras. C'est là que j'ai grandi. C'était un endroit magnifique. On venait du monde entier pour visiter nos écuries, voir les étalons. Mon père aimait ce qui était beau. Il était collectionneur. C'était un passionné. Dès qu'il a eu de l'argent, il a commencé a acheter des tableaux, des toiles de maîtres, des impressionnistes essentiellement.

– Et les gens du village ?

– Ils sont restés à traîner quelque temps autour du lac et puis la campagne les a tous absorbés. Je ne sais pas ce qu'ils sont devenus.

Le prince porte son verre à sa bouche.

– Mon père a fait sa collection sur le malheur de ces gens. Mais le plus terrible dans cette histoire, c'est que j'aimais les tableaux qu'il achetait. J'aurais dû me sentir coupable... En grandissant, je suis devenu aussi passionné que lui. Le dimanche, il m'emmenait dans les musées. Il m'a fait connaître Braque, Picasso. Grâce à lui j'ai pu rencontrer des grands peintres comme de Staël, Bram Van Velde.

À nouveau le silence et puis :

– Je vous dis ça parce que la vie que j'ai eue, je la dois à ces gens-là. À ce village du fond de l'eau. Souvent, je me sens coupable.

– Ce n'était pas vous.

Le prince sourit.

– Vous avez sans doute raison, ce n'était pas moi...

Il approche son verre du mien.

– Nous sommes bien graves ce soir. Trinquons !

Carla et Valentino se lèvent tard. Quand ils arrivent dans le salon, j'ai fini mon petit déjeuner.

Carla n'est pas la même quand elle est avec Valentino. On échange quelques mots et puis je les laisse.

– Vous êtes ensemble depuis combien de temps? je demande quand je repasse avec mon manteau.

La main de Valentino se plaque sur le bras de Carla.

– Excusez-moi, je dis.

Campiello Bruno Crovatto. La porte grince. Même en la soulevant, elle frotte sur le bois.

Vous êtes comme le premier jour, la première fois quand je vous ai vu, au bureau.

– Bonjour, je dis.

Vous levez la tête.

Le livre sur Music est dans mon sac. Je le sors.

– Je l'ai lu vous savez.

J'ai un temps d'avance sur vous. C'est cela que je devrais vous dire. D'abord. Avant tout. Ce temps d'avance.

Au lieu de ça je m'approche et je vous lis le début de la quatrième de couverture.

– « Plutarque raconte que, des sept mille Athéniens faits prisonniers durant les guerres de Sicile, échappèrent aux travaux forcés et donc à la mort, ceux qui surent réciter à leurs vainqueurs quelques vers d'Euripide. »

Je vous regarde.

– Qui est Euripide ?

Après, je me tais.

Silence. Entre nous. Dans la pièce.

Vous mâchonnez un moment votre crayon.

Vous me prenez le livre des mains et vous le feuilletez à votre tour. Après vous allumez une cigarette.

Vous me regardez.

Ça dure… je ne sais pas.

Je voudrais que ça ne s'arrête jamais un regard comme ça. Que ça nous prenne, que ça nous garde et que ça nous enterre tous les deux.

Vous me rendez le livre.

– « Seulement à Thèbes les femmes mortelles enfantent des dieux immortels. »

– Pardon ?

– Euripide. Poète grec. 405 av. J.-C. Tiré des *Bacchantes*.

Vous vous levez pour fumer loin du chat.

– Je suis content que ça vous ait plu. Mais lire ne suffit pas. Il faudrait aussi voir ses toiles.

Vous cherchez dans les rayons.

– Vous lisez l'italien ?

– Non.

Au fond, une étagère à part. Des livres en français.

– Tenez, prenez ça, Duras, *Un barrage contre le Pacifique*, ça devrait vous plaire.

Trevor, sa passion, c'était la mécanique. Il m'a appris à changer les bougies, les roues, à faire démarrer une voiture sans la clé. Je sais faire ça. Un démarrage aux fils.

Je vous le dis. Ça vous fait sourire.

– Ici, les démarrages aux fils...

Il m'a appris d'autres choses aussi. Comme jouir sans se toucher. Simplement en se regardant. Un jour, au restaurant, assis face à face, entre dessert et café.

– Et votre chat, je demande, vous l'avez depuis longtemps ?

– Lulio ? Ça fait trois ans.

– Moi aussi, autrefois j'avais un chat.

Vous revenez à la fenêtre. Avec votre doigt, vous faites bouger les fils du pantin.

– Vous dites autrefois comme si vous aviez mille ans.

Le silence, ça ne vous gêne pas. Ça vous habite. Ça sourd de vous.

– Combien je vous dois ? je demande en montrant le Duras.

– Vous me le paierez quand vous l'aurez lu. Et seulement si vous l'avez aimé. Sinon, je me serai trompé. Mais je ne me trompe pas.

Vous regardez votre chat.

Et puis moi.

– Si vous voulez, lundi, je peux vous emmener voir ses toiles ? Vous serez encore là lundi ?

L'eau, ici, les murs ont l'habitude. Ils prennent les marques et les marques se confondent. La mousse gagne. Sur les marches. La rouille sur les grilles des fenêtres. Partout, la pierre imprégnée. À vif.

Seize heures. Je monte les marches en laissant l'eau couler derrière moi.

Le salon est vide. Il y a de la lumière dans la cuisine, le bruit de la télé.

Luigi est à la table devant sa maquette de bateau.

Dans l'entrée, ça sent la seccotine, une colle épaisse et brune qu'il utilise pour coller ses allumettes.

Quand il me voit, il me fait signe.

– Vous pouvez entrer !

Toute la vie de Luigi est entassée là, dans sa cuisine, les assiettes, les factures, les journaux et le linge qui sèche. Au-dessus de l'évier, une étagère avec une brosse à dents, un rasoir.

– J'ai presque fini, il dit en me montrant le trois-mâts. Il me reste le gouvernail et le porte-drapeau.

Je m'avance.

Contre la porte du frigo, des photos retenues par des aimants.

– C'est votre fille ? je demande.

Il suit mon regard. Il fait oui avec la tête. Avec ses doigts il fait glisser une allumette dans une encoche et il pousse en s'aidant d'une aiguille à tricoter.

– Elle est où ?

– Turin.

– Elle vient ? Je veux dire là, pour Noël ?

– Mmm… Elle doit.

Il enlève ses lunettes.

– Ce trois-mâts, c'est pour le petit, il a cinq ans. Le château là-haut, c'est pour le grand.

Je lève la tête pour voir.

– Et Turin, c'est plus beau que Venise ?

– Plus grand. Il y a des supermarchés, des cinémas, des autoroutes. Et des ascenseurs pour monter les packs d'eau dans les maisons.

Je lui paye ma semaine, une enveloppe que je pose sur le buffet.

Je prends mes patins dans le carton et je retourne m'enfermer dans ma chambre.

Dans ma chambre, un moment allongée. L'eau du bain coule jaune, presque rouge. C'est les remontées de pluie qui font ça. Luigi le dit, même dans l'évier quand il fait la vaisselle. Je ne sais pas s'il y a des poissons dans la lagune. Il doit y en avoir. J'ai vu des gosses pêcher au fil. C'est interdit à cause de la pollution. Les carabiniers veillent mais les gosses courent vite.

Les poissons ont mal s'ils sont ferrés de la gueule, ils souffrent encore plus quand ils avalent l'hameçon. Les scientifiques ont étudié ça, la douleur des poissons, celle des baleines aussi quand elles sont harponnées.

Personne n'a jamais étudié la douleur des humains quand ils sont ferrés du ventre. Cette impression de brûler, de se vider tout en restant vivant.

Des pigeons nichent dans les trous de mur de l'autre côté de la fenêtre. Ils glissent. Je les entends à cause de leurs griffes qui grincent quand ils s'accrochent aux tuyaux.

Carla et Valentino rentrent. Ils profitent de la pluie pour venir se glisser dans les draps. Il n'y a pas d'autres bruits dans la pension que ces bruits-là. Leurs bruits d'amour.

Je colle mon oreille à la cloison.

Je me demande si Luigi les écoute parfois.

Je me demande aussi si quelqu'un nous a écoutés un jour, Trevor et moi.

Le prince a poussé son fauteuil au plus près de la fenêtre et il regarde le canal avec des jumelles. La radio est branchée. De la musique. Du classique.

Quand j'arrive, il se retourne.

– C'est bien, vous êtes à l'heure aujourd'hui, même en avance! Vous voulez voir? il me demande en tendant les jumelles.

Je m'approche.

– Qu'est-ce qu'il y a à voir?

– La vie pardi!

Il se penche.

– Cette porte là-bas, vous voyez? Eh bien, tous les lundis, un homme attache sa barque au piquet qui est devant. C'est l'amant de la dame d'en face, la fenêtre aux rideaux rouges. Il croit qu'on ne le voit pas. Tous les lundis, à quatre heures. Et aujourd'hui, on est lundi. Il ne va pas tarder. Si vous attendez un peu, vous le verrez. Vous avez déjà visité l'escalier du Bovolo?

– Non.

– Il faudra. C'est un escalier magnifique, on le voit du Campanile. Son propriétaire avait une maîtresse. Il a fait construire l'escalier pour pouvoir la rejoindre en sortant incognito. Venise est un grand village, tout se sait! La preuve, on en parle encore.

Le prince reprend sa place près de la lampe. À côté, une assiette. Des restes de miettes.

Il suit mon regard.

– Du pain d'épices écrasé avec du lait, je rajoute un petit doigt de vodka. C'est délicieux!

Il range les jumelles dans leur étui.

– La vue de ma chambre est quand même bien plus intéressante, un jour je vous montrerai.

– Votre chambre? Je croyais que personne n'avait le droit d'y entrer?

Il penche la tête de côté.

– Effectivement, vous avez raison.

Soudain, son visage s'éclaire. Il roule jusqu'à la radio. Monte le son.

– La Callas, vous connaissez?

– Non.

– Vous avez de la chance, vous allez découvrir. Prenez le divan ! Si ! Dépêchez-vous, ça va com mencer ! Maintenant, fermez les yeux et écoutez. C'est le paradis qui descend sur vous.

Le paradis.

Ou les doigts de Dieu.

J'écoute. À peine. Entre mes cils, je vois le prince. La tête appuyée au dossier. Il est bercé. Comme emporté par la musique. Quand le morceau est fini, il rayonne.

– Alors, comment vous avez trouvé ?

– Très bien, je dis.

– Comment ça très bien ?

Il tourne sur lui-même avec son fauteuil. Plusieurs fois.

– C'est à cause de la radio, le son n'était pas très bon. Il faudra que je vous fasse ecouter sur la chaîne. Un soir, on s'offrira ça, n'est-ce pas ? Au fait, votre ami le libraire, il aime la musique ?

– Je ne sais pas.

– Vous ne lui avez pas demandé ?

– Non.

Le prince fait virer ses roues.

– Il faut demander, c'est important de savoir ces choses-là !

Il traverse le salon, roule jusqu'à la porte de sa chambre.

– Et l'amour, vous ne parlez jamais d'amour, pourquoi ?

Sa voix, du fond du couloir, comme un grondement d'orage.

– Il y a toujours à en dire pour peu qu'on s'en donne la peine !

Il revient avec un stylo, un carnet. Il écrit dessus, de la main gauche, une écriture complètement renversée. À peine lisible.

Il déchire la page et il me la tend.

– Je cherche ce livre, *Degl'istorici delle cose Veneziane, 1722*, de Michele Foscarini. Allez voir Manzoni. S'il l'a, vous l'achetez, sinon il se débrouille, il a l'habitude.

Il regarde sa montre.

– Vous avez le temps.

Dehors, il fait presque nuit. À peine si on distingue les murs du palais d'en face.

– J'irai demain.

– Demain ?... Allez-y maintenant, de grâce !

Je prends le papier et je le glisse dans ma poche.

– Vous croyez qu'on peut commander aux gens comme ça ?

Il hausse les sourcils, étonné.

– Mais… je ne vous commande pas.

Dans les escaliers, il fait noir. Il n'y a pas d'interrupteur. Je me guide au mur. Au tapis sur les marches.

De la nourriture traîne dans les gamelles à chats. Derrière la porte, le rio, le clapotis, une barque. J'entends le bruit des rames. L'eau passe sous la porte, à force elle ronge la peinture, pourrit le bois. Je n'ai pas envie d'aller plus loin. Je m'assois dans l'entrée, sur l'ancien banc de gondolier. Je ferme les yeux.

Quand je remonte, j'ai les pieds gelés. Le prince est devant la télé. Il fait briller les boutons de sa veste. Tous les jours il fait ça, avec un petit chiffon qu'il garde dans sa poche.

Il regarde sa montre.

– Vous avez été rapide.

Et puis mes mains.

– Il ne l'a pas ?

– Non, il faut qu'il le commande.

Le prince pointe du doigt l'écran, deux joueurs d'échecs.

– C'est la demi-finale. Vous jouez ?

Il s'avance jusqu'à l'armoire, en sort un échiquier. Des pièces en bois vernis, un jeu florentin.

– Le jeu est la base de tout. Ce soir, si vous voulez, on commence.

On n'attend pas le soir. On commence tout de suite, lui les noirs, moi les blancs.

Le prince joue bien.

Moi aussi. J'ai appris au lycée.

– Au fait, j'ai téléphoné à votre libraire.

Il dit ça au milieu de la partie, entre deux coups, sans me regarder.

– Là, juste avant que vous n'arriviez. Je n'étais pas sûr du titre…

Je me sens rougir violemment.

Il soulève sa tour, il la déplace lentement, A6 A8, et puis il la repose. C'est à moi de jouer. Je bouge ma reine. Trop tard. Le tour d'après, je la perds.

– Vous faites des erreurs, il dit.

Il joint ses mains et il les frotte l'une contre l'autre.

– C5.

– Quoi C5?

Il se renverse dans son fauteuil, les deux mains à plat sur son ventre.

– Mon fou! Vous êtes mat.

Et il éclate de rire.

J'attends, assise sur un banc, au fond d'une église tout près de chez vous.

Une église de quartier. Des murs sombres, un autel délabré. Une odeur de vase humide monte des dalles. Je pose mes pieds sur le banc d'en face et je regarde le Jésus en croix.

Quand j'entends sonner six heures, je sors.

Vous avez l'air étonné.

– On est jeudi, je dis.

Vous avez oublié.

Sur le bureau, des enveloppes avec des adresses et des timbres collés.

– Je peux repartir si vous n'avez pas le temps.

– C'est pas ça, vous dites.

Moi, je vois bien que c'est ça.

Vous vous levez, vous jetez un coup d'œil au désordre sur la table et vous prenez votre blouson. Avant de sortir, vous éteignez la lumière du plafonnier.

Il reste la lampe du bureau. Le chat Lulio, entre les livres, ses bons yeux ronds qui nous fixent.

On se retrouve dehors tous les deux, à marcher dans les rues de Venise. Quand les ruelles sont trop étroites, vous passez devant. Vous portez des bottines de cuir fauve, fermées par une boucle sur le côté. Je ne sais pas où vous m'emmenez. Je ne pense pas à vous le demander. À un moment vous vous arrêtez.

– Vous ne voulez pas savoir où on va ?

Vous ralentissez et on recommence à marcher côte à côte. On débouche sur une grande place Le Campo San Stefano.

– Ici, l'été, c'est envahi de monde Il ne faut pas venir.

– Où il faut aller l'été ? je demande.

– Nulle part. Il faut acheter des livres et rester chez soi.

Sur la gauche, une ruelle étroite avec un pont tout au bout et après le pont, d'autres ruelles encore qui s'enfoncent dans la ville.

– C'est là. La galerie juste avant le pont.

Vous poussez la porte.

– Music expose aussi à Genève mais Genève, c'est loin.

Des toiles, il y en a une en vitrine et deux autres à l'intérieur, des gravures aussi, des dessins.

Vous me dites qu'il faut regarder lentement, passer d'une toile à l'autre et puis revenir.

Qu'on ne voit jamais tout la première fois.

Vous dites je viens souvent là. Que ces dessins font partie de vous.

Vous vous arrêtez. Vous regardez chaque toile avec une infinie attention. De loin et puis en vous approchant, pour voir au plus près. La trace du pinceau. Du crayon. Du fusain parfois.

Des vues de Venise, les Zattere avec les grues, les barges chargées de ciment et tout au fond, noyée dans la brume, l'île de la Giudecca.

Une autre toile, Venise de l'intérieur. Un passage couvert. Plus loin, un visage de femme. Avec votre doigt, vous frôlez le visage. La chevelure rouge.

– C'est sa femme, Ida. Il l'a beaucoup peinte.

Des paysages dalmates.

Près de la porte, un dessin. Des petits ânes blancs sur fond de collines.

– C'est joli, je dis.

– Ne dites pas *joli*.

Je baisse la tête. Ça vous fait sourire.

C'est comme ça au début, vous et moi, des mots rares et votre sourire.

Plus loin, quelques aquarelles.

On passe dans la dernière salle. Un panneau : « Nous ne sommes pas les derniers. »

– C'est une série. Après Dachau, il faut comprendre…

À cause de la brutalité, l'amoncellement des corps nus, entassés, en tons gris, presque noirs. Des corps sans chair, recroquevillés, avec des membres interminables.

Des corps suppliciés.

Une gravure, une autre.

– Il dessinait sur des petits bouts de papier qu'il gardait au fond de ses poches ou cachés dans ses chaussettes.

Vous approchez la main.

– La Gestapo l'a arrêté ici, à Venise.

Vous m'expliquez.

– Les cadavres, il n'a pas pu les peindre tout de suite. Ils sont venus après, longtemps après. Il en était déjà revenu.

Vous me regardez.

– Parfois, les mots ne peuvent plus expliquer. Seule la peinture. Mais aujourd'hui, il est difficile de peindre. Tellement de choses ont été faites.

Je cherche quelque chose à répondre. Je n'ai rien. Même avaler je ne peux pas. On se retrouve dehors, il fait nuit. Les magasins ferment.

On rentre, tout le chemin à l'envers.

Quand on arrive devant chez vous, on ralentit mais c'est trop tard. Je lève les yeux. Vous les levez aussi.

Il y a de la lumière dans l'appartement au-dessus.

– Je vous inviterais bien à dîner, vous dites en regardant la lumière.

Et vous écartez les mains.

J'ai l'hameçon dans la gorge. Qui accroche. Déchire.

Je dis que ce n'est pas grave, que tout va bien.

Que j'ai un prince qui m'attend.

– Un prince ?

– Un Russe, je dis.

Ça vous fait rire.

– Il n'y a plus de prince depuis la Révolution.

Je retrouve le papier au fond de ma poche.

– Il est professeur. Il cherche un livre.

Je vous montre.

– *Degl'istorici delle cose Veneziane...* Je sais, il m'a appelé hier.

Vous mettez la clé dans la serrure et vous la faites tourner. Dans le silence, ça claque. Vous regardez par terre, entre vos pieds.

– Si vous voulez, je peux vous montrer le quartier où *il* habite. Ce n'est pas très loin, de l'autre côté du Canal, près de la Salute.

Vous me regardez. Même Trevor, il ne m'a jamais regardée comme ça.

– Mercredi, vous serez encore là? En début d'après-midi, sur le pont de l'Académie. On dit quatorze heures?

Vous me rendez le papier.

– Je vous apporterai le livre.

Je rentre à la pension en courant. Même en courant, c'est trop tard. Le prince est déjà à table.

– Excusez-moi, je dis en jetant mon manteau sur la banquette.

Il lit. D'une main, il tient le livre ouvert. De l'autre, il pique dans son assiette des petits morceaux de fromage coupés en dés.

– Je suis allée marcher sur les Zattere. Je voulais revoir l'homme au chien, celui qui m'a parlé du *Belem*. Il n'y était pas. J'y retournerai demain. Et tous les jours suivants jusqu'à ce que je le revois. Mais peut-être que le chien est mort. Ou alors lui. On meurt aussi à Venise.

Le plat de lasagnes est sur la table. Je me sers. C'est encore chaud.

– L'autre jour, j'ai vu un cercueil sur un bateau en acajou. C'était peut-être lui qui était dedans.

Il n'y a pas de vin. Simplement de l'eau.

– Je me suis fait aborder par un homme, un Africain, il vendait des sacs. Je n'avais pas besoin de sac, je lui ai acheté une ceinture. Regardez!

Je la sors du paquet et je la lui passe par-dessus la table. Il lève les yeux, à peine.

– Elle ne fermera pas.

– Comment ça?

– Elle est montée à l'envers, la boucle, vous ne pourrez pas l'utiliser.

J'essaye.

– Alors? il demande.

Je remets la ceinture dans mon sac.

– Alors rien, je le retrouverai, je me ferai rembourser.

Il hausse les épaules.

Les lasagnes sont bonnes. Pas délicieuses mais bonnes.

– J'ai quelque chose pour vous.

Je pose sur la table une petite bouteille en plastique.

– C'est un chocolat. Du Florian.

Je lui montre. Par transparence, le liquide brun a quelque chose d'un peu écœurant.

– Il a refroidi mais vous verrez… je dis en lui tendant la bouteille.

Le prince referme son livre.

– Comment vous avez eu ça?

– J'en ai commandé deux. J'ai bu le mien et j'ai transvasé le vôtre avec un petit entonnoir.

Je sors l'entonnoir de mon sac.

– Ça s'est passé sous le Chinois?

– Oui.

Le prince tourne la bouteille entre ses doigts.

–Je ne peux pas le boire maintenant mais demain matin. Vous croyez que ça peut attendre jusqu'à demain? On va demander à Luigi de nous le garder dans son réfrigérateur.

Maintenant, les lasagnes sont froides. J'ai faim. Je mange quand même.

Le prince fait glisser son livre tout au bout de la table.

– Alors, Venise?

– C'est plein de murs, de portes, de grilles…

J'attrape le fromage et je m'en coupe une portion

– Qu'est-ce qu'il y a derrière les murs?

– Je n'en sais rien… Des jardins, des palais abandonnés. Comme ici.

– Est-ce qu'il y a des oiseaux?

– Des oiseaux? Des pigeons oui, mais c'est comme si tous les autres oiseaux étaient partis. Ou morts. Dino dit que les Vénitiens quittent la ville. Les oiseaux font peut-être pareil.

– Dino?

– Dino Manzoni, le libraire.

Le prince plie sa serviette en quatre et puis il la roule du plat de la main. La glisse dans le rond de bois.

– Vous l'avez revu ?

– On est allés voir les toiles de Music dans une galerie près de San Stefano.

Je reprends du fromage. Une pointe pour finir mon pain.

– Vous avez trouvé ça comment ?

– L'exposition ? Je ne comprends pas pourquoi il a peint cela… Peindre n'empêche pas la chose d'avoir existé.

– La chose ?

– Les camps.

– Probablement pas…

Suit un long silence.

– Un pensionnaire qui était ici avant vous m'a raconté qu'autrefois les vieux gondoliers remontaient la ville par les canaux, ils longeaient ensuite les murs du cimetière et ils ramaient droit vers le large. Le soir, on les attendait. Et puis la nuit tombait. L'emplacement de la gondole restait vide.

Le prince me regarde.

– Il y a tellement de façons de mourir… Rares sont ceux qui ont suffisamment de talent pour témoigner de cela. Music en fait partie.

– C'est où la Dalmatie ? je demande.

– La Dalmatie ? En Croatie, sur la côte Adriatique. Pourquoi ?

– Music a peint des paysages de là-bas, avec des petits ânes. J'ai aimé ces toiles-là.

Je regarde le prince.

– C'est pour ça que j'étais un peu en retard.

Le prince reprend son livre. Il le coince entre ses cuisses.

– On n'est pas *un peu* en retard. On est en retard ou on ne l'est pas.

Il fait pivoter son fauteuil.

– Et puis vous mentez. Vous mentez sans arrêt. Et vous mentez mal. Vous n'êtes jamais allée chez Manzoni, vous avez attendu en bas, sur le banc des gondoliers. À côté des gamelles à chats.

Il traverse le salon.

– Les gamelles à chats, c'est porteur de maladies.

Je l'entends ouvrir et refermer la porte de sa chambre. Après, plus rien. Le silence.

Luigi ramasse les couverts et il emmène tout dans la cuisine. Il m'apporte une coupe, une salade de fruits en boîte.

– Ne vous en faites pas, il dit, ça lui arrive de temps en temps.

Je ne m'en fais pas.

Je finis mon repas toute seule. Les fruits ont un goût de boîte. Légèrement amer. Le biscuit est mou, il a pris l'humidité du placard.

Je mange quand même.

Il y a des soirs comme ça.

Campo Santi Giovanni e Paolo. Carla, je la vois de loin, assise à la terrasse de la trattoria. Une table contre le mur, au soleil, à l'abri du vent.

Elle me fait un grand signe avec la main.

– Valentino est allé courir, elle me dit pour expliquer la place vide à côté d'elle.

Elle se lève.

– On se tutoie n'est-ce pas?

Elle m'embrasse. Ses cheveux sont tressés avec des fils de couleur. Sur son crâne, on dirait un casque.

– Tu ne les détaches jamais? je demande.

– La nuit parfois. J'en suis esclave

Elle reprend sa place.

– Mais un jour, je les couperai.

Elle est jeune, vingt-cinq ans à peine. La peau de ses paupières est fine, bleue à force de transparence, comme les yeux des tout jeunes enfants.

Dans son assiette, des restes de salade avec des moules, des morceaux de poulpes découpés.

– Tu sais que les yeux, c'est la seule chose qui ne grandit pas chez l'être humain, de la naissance jusqu'à la mort?

Elle secoue la tête.

– Je ne savais pas.

Avec la pointe de son couteau, elle pique une olive et elle la promène dans son assiette.

– Je suis danseuse de ballet à Rome. Danse contemporaine. On commence une tournée en janvier. On va jouer à Paris. Si ça t'intéresse, je te donnerai des entrées.

Elle me raconte un peu de sa vie, cet appartement qu'elle loue à deux rues du Colisée.

Devant nous, au milieu de la place, un saltimbanque commence un numéro avec des cannes en bois qu'il pose en équilibre sur sa tête. L'homme est vieux. Les cannes tombent, il recommence.

Les gens le regardent, ceux qui ont pitié lui donnent de l'argent, quelques pièces qu'ils jettent dans une boîte.

Les autres poursuivent leur chemin.

Carla remonte ses manches, ouvre un bouton de sa chemise.

– On a de la chance, elle dit, c'est un hiver très doux.

Elle regarde le vieux bouffon au chapeau biscornu. L'acharnement qu'il met à faire tenir ses cannes. L'impossibilité.

– Tu veux que je te dise? Je m'ennuie. J'ai honte de m'ennuyer dans une ville pareille. C'est la plus belle ville du monde et pourtant je m'ennuie.

Elle répète ça plusieurs fois.

– Tout s'effrite, même la pierre est pourrie. Et puis je n'aime pas les enterrements. Il n'y a que ça ici, très peu de mariages, tu as remarqué?

Elle se tourne vers moi.

Les seuls moments où je ne m'ennuie pas, c'est quand je danse.

– Et avec Valentino?

Un petit sourire triste lui glisse sur les lèvres.

– Avec Valentino, je m'ennuie aussi parfois.

Le saltimbanque s'approche d'elle. Il lui tend la main et elle se lève. Immobile. Le visage serein. Il pose une première canne sur son épaule. Doucement. Une deuxième dans sa main ouverte et ainsi de suite, sur sa tête, d'autres encore en équilibre sur le bout de ses doigts.

Il fait ça parce qu'elle est belle et que sa beauté attire les passants.

Sur la place, il y a une vingtaine de personnes qui regarde.

Les pièces tombent. Carla ne bouge pas. Seules ses lèvres.

– Tu ne m'as pas répondu, tu trouves ça beau Venise ?

Maintenant les cannes dansent autour d'elle, les ombres sur son visage.

– J'ai rencontré quelqu'un, je dis. J'aimerais avoir une histoire avec lui.

Quatorze heures, sur le pont de l'Académie. Vous arrivez à pied, du côté de San Stefano. Vous portez un blouson de cuir, on dirait un blouson de motard.

Vous montez les marches.

– J'avais peur que vous ne soyez pas là. Que je me sois trompé de jour, ou d'heure, ça m'arrive vous savez.

Vous vous accoudez au pont. Je m'accoude à côté de vous. L'eau, à cet endroit de la lagune, est vert pâle avec des aplats de rouille autour des pontons, là où les algues sont collées.

Avec le printemps, l'eau deviendra brune, il suffit de quelques degrés.

Le soleil fait briller la lagune, le noir des gondoles, le dôme de la Salute au loin. Autour, les palais, le rose délavé et le crépi ocre foncé, presque jaune des façades.

– La plus belle saison pour Venise, c'est l'hiver, à cause de la lumière. Regardez comme ça vibre, dans le marbre et sur les fresques. Si vous avez de la chance, vous verrez la neige.

Vous vous tournez vers moi :

– Mais si vous voyez la neige, vous ne pourrez plus partir.

Une barque lourde à fond plat remonte le canal, chargée de vin, de caisses. À la proue, un chien noir, la gueule au vent.

Vous allumez une cigarette.

Avec votre main, vous lissez le bois poisseux du pont.

– Vous parlez toujours autant ?

Vous dites ça sans rire. Comme si c'était important. Que je parle ou pas.

On change de côté.

Côté Salute, l'enfilade des palais avec tout au bout la lumière blanche, l'ouverture sur la lagune. Vous me montrez dans la courbe du canal, une façade pâle, presque grise, avec des rosaces à chaque étage.

– La Ca' Dario. Quand j'étais gosse, j'allais jouer dans la cour. Il y a un passage. Et là, c'est le palais Barbarigo.

Vous pointez du doigt tout près.

– La première mosaïque représente Charles Quint dans l'atelier du Titien, l'autre c'est Henri III à Murano. Les touristes ne le savent pas mais c'est un contresens de mettre des mosaïques contre les façades. Ça alourdit les bâtiments, ça les force à s'enfoncer par l'avant. Ils n'ont pas besoin de ça.

On est toujours sur le pont.

Vous vous retournez.

– La Fenice est là, dans ce quartier. Quand elle a brûlé, ça a été la panique. Après, pendant des jours on a vu des Vénitiens traîner dans les rues, hagards, une petite boîte à la main. Ils venaient récupérer des cendres. Tous. Ils faisaient ça. Et ils pleuraient. Il a fallu mettre des barrières pour les empêcher d'approcher.

– Un jour, j'ai suivi un dépôt de cendres au Panthéon. Les cendres, vous savez ces gens célèbres qu'on enterre à Paris?

Vous dites oui, que vous savez cela. Que ce sont d'autres cendres.

Qu'après votre mort, vous aimeriez que les vôtres soient répandues sur l'île de Torcello.

– Torcello, la Venise des marécages, si un jour vous avez un peu de temps il faudra y aller.

Un bateau de police débouche, sirène hurlante, il passe sous le pont et il disparaît derrière nous en direction du Rialto.

Le soleil éclaire le Canal, les palais, l'ouverture sur la lagune. Il éclaire le globe tout en haut de la Salute.

Vous me montrez, à la cime, l'allégorie de la Fortune.

– Je ne pourrais pas m'habituer à une autre ville. Même s'il y a d'autres villes. Et même si ici, il y a l'aqua alta.

– Vous n'avez jamais pensé quitter Venise ?

– J'ai failli le faire, plusieurs fois. Je n'ai pas pu. Aujourd'hui, il est trop tard. Je ne partirai plus.

Avec la main, vous me montrez un palais, une façade.

– Vous voyez sur le côté, les volets verts, c'est là qu'*il* habite.

Vous marchez à côté de moi. Le pas appuyé. En Vénitien. Parfois, avec la main, je frôle la manche de votre blouson.

On arrive derrière le palais, côté rue, une grande porte peinte en vert. Un vert sombre. Brillant.

– C'est là.

Vous avancez la main jusqu'à toucher la porte.

– Le plus souvent, *il* est à Paris, mais parfois *il* est ici.

Des petites sonnettes dorées fichées dans le mur.

Sous l'une d'elles deux initiales : Z. M.

Vous me montrez.

– Vous voyez, c'est là, la sonnette.

Vous n'osez pas approcher. Et puis vous approchez quand même. C'est plus fort que vous ce besoin de toucher le battant.

Quand la porte s'ouvre, vous reculez. C'est une vieille femme. D'une main, elle tire un caddie, de l'autre un petit chien blanc qu'elle traîne au bout d'une laisse. Elle porte une blouse, des poubelles dans un sac. Elle ne fait pas attention à vous.

Avec votre pied, vous bloquez le battant de la porte.

– Venez !

On entre. Derrière, c'est le dessous du palais. Une cour profonde encombrée de statues, des blocs de plâtre avec de grands piliers de béton. La cour traverse et rejoint à l'autre bout le Grand Canal. La lumière vient de là. On s'avance. L'endroit est humide. Les marches rongées, recouvertes d'algues. L'eau pénètre dans les fissures, rogne la pierre. Inlassablement, à chaque passage de bateau.

Sensation étrange. Une gondole passe. Plus loin, une barge chargée de ballots de linge remonte le courant.

– Les jours d'aqua alta, tout est noyé.

Vous me montrez la trace dans les murs. Les marques du sel.

– À marée basse, l'eau s'en va mais le sel reste. Il continue de ronger. C'est une maladie.

Le temps s'écoule.

Ici, insaisissable.

Plus que le temps.

Une absence de temps.

Juste le bruit de l'eau.

On revient vers la porte. Sur la droite, un escalier permet de rejoindre les étages.

Vous vous arrêtez pour regarder cet escalier.

– Il habite là ? je demande.

– C'est possible.

– Vous voulez monter ?

Vous faites non avec la tête.

On se retrouve dehors, dans la lumière, la rue, le pont, et après le pont, une petite place avec quelques arbres et des bancs.

Campo San Vio. L'eau devant nous est verte, presque noire. Par contraste, on dirait du métal.

– Vous croyez que c'est profond ici ? je demande.

– Pourquoi, vous voulez plonger ? Vous savez qu'on ne survit pas d'un bain dans la lagune ?

On remonte le quai jusqu'à la Salute. On croise quelques passants, de rares touristes assis au soleil sur les marches de l'église Santa Maria.

Vous me touchez le bras.

– On va jusqu'à la punta della Dogana et après je vous offre une *ombra*. Avec des oignons confits, ça vous va ?

Vous souriez.

– Je connais un endroit.

La Douane de mer, c'est le large. Une proue comme un avant de bateau. La pointe plus avant du Dorsoduro. C'est ici que se rencontrent les eaux du Grand Canal et celles qui descendent de la Giudecca.

C'est un endroit de courants. De solitude.

On s'approche. Les vagues cognent. Le vent rabat sur nous des gouttes de lagune glacées. On ferme nos blousons, on remonte nos cols. Ça ne suffit pas alors on se met à l'abri contre les colonnes.

– Autrefois, toutes les marchandises qui arrivaient à Venise étaient déchargées ici. Cet endroit a vu passer des galères, des nefs à quatre mâts, les soutes pleines de tissus, d'épices, de coton…

Vous dites cela et avec votre main, vous montrez le large.

– À cause des pirates, les bateaux repartaient en convois. Ceux qui se laissaient distancer étaient perdus.

Je vous regarde.

De quel temps êtes-vous ?

Je me cale au plus près de vous. Dans votre ombre et dans l'ombre de la colonne.

Je sens votre odeur de tabac, quelque chose de diffus pris dans votre peau. Sur vos lèvres.

Je suis déjà habituée à ça.

– Ils allaient où les bateaux?

– Partout! Constantinople, Beyrouth, Chypre, et après ils revenaient. Là-bas, au loin, c'est l'île San Clemente. Je vous en ai parlé.

– L'île des fous?

– L'île des chats.

Vous devez crier à cause du vacarme soudain des vagues et du vent.

En face, le long des pontons, des gondoles à quai recouvertes d'une bâche bleue. Elles tanguent, ondulent, finissent par disparaître dans les trous creusés par les vagues. Un vaporetto accoste contre l'embarcadère. Plus loin, un autre traverse, rejoint l'île du Lido.

Et toujours cette lumière blanche.

Comme une lumière d'aquarelle.

Vous me regardez.

– Vos lèvres, elles sont bleues.

J'essaie de sourire.

Une mouette crevée flotte sur l'eau.

– Le prince, je lui raconte tout ce que je vois.

– Pourquoi vous faites ça?

– C'est une habitude.

Vous souriez.

– Alors, vous allez lui parler de moi.

On revient sur nos pas, tout le chemin à l'envers jusqu'au Campo San Vio.

Devant nous, un livreur passe le pont en poussant une charrette. Dans ses cageots, des pommes, des oranges, des poireaux. On doit s'arrêter tout en haut du pont pour le laisser passer. L'air sent le sel. L'Adriatique n'est pas loin, juste derrière la barre de terre de la Giudecca.

– À la prochaine marée, le vent va pousser les eaux de l'Adriatique et tout va déborder dans les canaux. C'est ça l'aqua alta.

– Les eaux de l'Adriatique...

– Une question de jour, dès que la lune sera pleine. Il faut s'attendre à voir l'eau partout, dans les rues mais aussi dans les maisons, dans les magasins et même dans San Marco.

– Vous êtes né ici ? je demande.

– Oui, dans le quartier San Polo.

– Et vous avez toujours vécu comme ça, au milieu de vos livres ?

– Ce n'est pas la pire des vies vous savez... Et puis je suis un taciturne, la compagnie des livres me va bien. Et vous en France, qu'est-ce que vous faites ?

– Je suis taciturne aussi.

– Vous vendez des livres ?

– Non… Je suis taciturne toute seule, chez moi.

– C'est dommage que vous ne lisiez pas l'italien, vous trouveriez des merveilles dans ma boutique.

Soudain, vous m'attrapez le bras.

– Ne bougez pas…

Je me retourne et je les vois. Ils sont là. Ensemble. Zoran et Ida. Ils longent la Calle Venier. Ils ne viennent pas vers le pont. Mais vers leur palais. La porte verte.

Zoran avance lentement, son grand corps en appui sur une canne, une casquette bleue vissée sur la tête. Ida est près de lui, presque contre, enveloppée dans un large vêtement, une sorte de cape aux teintes chaudes. Ils marchent côte à côte.

Je la reconnais.

C'est elle, la femme aux cheveux rouges des tableaux.

Je passe le reste de la journée à courir les rues de Venise. En rentrant, je trouve une veste et une cravate pendues à la grille d'une fenêtre sous un passage couvert. Je les ramène au prince.

– J'ai trouvé ça accroché par un cintre. Il y a un papier scotché.

Je sors le papier de ma poche. Je lui donne. *(Giacca e cravatta) E un regalo chi vuole se le prende.*

La veste n'est pas usée, la cravate non plus.

– Et vous avez trouvé ça où ?

– Au bord de l'eau, près de la Ca' d'Oro, un endroit désert.

Il tourne le cintre entre ses mains.

– Parfois les gens font ça. Ils laissent les vêtements qu'ils ne veulent plus et d'autres les emportent. Je vais garder celui-là mais il faudra acheter une autre veste et une autre cravate aussi et tout remettre à l'endroit, comme c'était. Vous ferez ça n'est-ce pas? Je vais vous donner de l'argent.

Il roule jusqu'à sa chambre.

– Suivez-moi!

Sa chambre. Une vague odeur de naphtaline. Des livres, des journaux, des piles entières par terre, contre les murs. Sur une chaise, un poste de radio. Des papiers punaisés au-dessus du lit, des feuilles de carnet, des photos.

Il me tend le cintre.

– Enlevez ce tableau et à la place, accrochez ça.

Maintenant, contre le mur, il y a la veste, la cravate.

– Vous pouvez remettre le papier comme il était? C'était vraiment comme ça? Scotché? Très bien alors.

Il fixe le pan de mur.

– Il ne manque plus que la lagune mais je pense que c'est impossible de faire monter la lagune jusqu'ici.

Et puis il prend du recul pour voir l'effet.

– C'est vous qui faites votre lit? je demande en m'asseyant sur le bord.

– Qui voulez-vous que ce soit?

Le dessus est en tissu de Venise, une sorte de soie légère, dans les tons gris-bleu. Très doux au toucher. Au pied du lit, trois coussins recouverts du même tissu.

Le prince s'approche de moi. Il me regarde, attentif.

– Vous, vous avez vu votre libraire aujourd'hui.

Il penche la tête de côté, légèrement.

– Vos yeux, il dit. Vous êtes incapable de secret.

Il sourit.

– Racontez-moi.

– On avait rendez-vous sur le pont de l'Académie.

– Il ponte dell' Academia! Alors vous avez vu la Ca' Dario? Il vous a dit que c'est un palais maudit? Les propriétaires sont tous morts, des morts violentes. Le dernier s'est suicidé. Woody Allen a voulu l'acheter mais même lui il a renoncé. Maintenant, le palais est vide.

Le prince bourre sa pipe. Avec la flamme, le tabac se chauffe. L'odeur remplit la pièce.

– Si vous étiez sur le pont, vous avez dû voir le musée de Peggy?

– Peggy?

– Peggy Guggenheim. C'était une amie de mon père, une grande collectionneuse. Je l'ai bien connue vous savez. Son palais, le palazzo Venier dei Leoni, c'est comme ça qu'il s'appelle, à cause des lions, il paraît qu'il y en avait autrefois dans le jardin. Il faudra entrer et le visiter. Il faudra aussi prendre des photos du jardin, et puis la photo de la tombe de Peggy, elle est enterrée là-bas avec tous ses chiens. Vous ferez ça pour moi n'est-ce pas ? Ça vous ennuie de faire ça pour moi ?

– Ça ne m'ennuie pas.

Du plat de la main, je lisse le dessus de lit.

– J'ai vu Music avec la femme aux cheveux rouges.

Je me retourne. Je regarde les photos, une dizaine de clichés punaisés contre le mur. Une maison, un château, des paysages. Une femme dans une chaise longue devant ce qui semble être une allée de rosiers.

– C'était en début d'après-midi. Ils venaient des Zattere, ils avaient dû aller se promener là-bas. Ils se tenaient côte à côte.

Une photo en noir et blanc, isolée des autres. La fille est jeune. Elle porte un tablier brodé. Quelque chose dans les mains. Un plateau peut-être. Ou une planche. C'est flou. Elle sourit à l'objectif.

– Un livreur était là qui bloquait le pont. Ils ont attendu que le livreur passe et puis Ida a sorti une clé de sa poche et elle a ouvert la porte. Elle est entrée la première et il a suivi. Après la porte s'est refermée et on ne les a plus vus.

– Vous étiez où ?

– À la cime du pont. Avec lui.

– Qu'est-ce qu'il a dit ?

– Rien. Les gens qui voulaient passer nous évitaient, *scusi, scusi*, mais lui il ne bougeait pas.

Le prince me regarde, étonné.

– Il n'est pas allé lui parler ?

– Non, il ne l'a pas fait. Il a continué à descendre les marches du pont, l'une après l'autre, il s'est avancé jusqu'à la porte, c'est tout.

– Et après ?

– On devait aller boire une *ombra*…

– Vous n'y êtes pas allés ?

– Non. Dino a regardé l'heure, il a dit qu'il était tard et qu'il devait rentrer.

– Vous vous êtes quittés comme ça ?

– Je l'ai raccompagné jusqu'à l'arrêt de vaporetto. Il est monté et d'autres gens sont montés derrière lui, il a dû se pousser, aller tout au fond près de la cabine du pilote. Après, le vaporetto est reparti. Il était seize heures, les cloches de la Salute se sont mises à sonner.

Le lendemain, quand je me réveille, il fait grand jour, Carla est déjà dans le salon. Le pied gauche en équilibre sur le rebord de la table. Elle étire son corps, ses cuisses. Et puis elle se redresse. Tous les matins elle fait ça. Parfois, Valentino s'assoit dans un fauteuil et il la regarde. Ce matin, il n'est pas là. Je reste dans l'encadrement de la porte. Carla transpire. Son justaucorps colle sur elle comme une seconde peau.

Quand elle me voit, elle me fait un signe et elle se laisse glisser sur le sol.

– Une fois par jour, elle dit en montrant son grand écart.

– Ça fait mal?

– À peine.

Elle se relève, se met en position de pointes.

– Quand on est sur scène, on oublie la douleur. L'an dernier, j'ai dansé tout un ballet avec la cheville foulée. Sur le moment, je n'ai rien senti mais après, j'ai cru mourir.

Elle fait quelques pas, bondissante, légère.

Sur le fauteuil, deux petites caisses.

– Qu'est-ce que c'est ?

– Mes caissons. Pour me cambrer. Je me coince les pieds dedans et je reste le plus longtemps possible.

– C'est petit !

– Justement. C'est le secret. Ça et le radiateur. Il y a aussi les semelles de bois mais c'est moins efficace.

Elle me sourit.

– Dans le jargon, on appelle ça la torture mais ce n'est pas le plus terrible.

Elle prend son pied dans le creux de sa main, l'élève jusqu'au-dessus de sa tête.

– C'est quoi le plus terrible ?

Elle éclate de rire.

– Tout le reste !

Son image se reflète dans le miroir au fond du salon. Elle s'élance, quelques pas courts, rapides, elle se propulse en l'air. Ses pieds claquent. Elle fait ça plusieurs fois, claquer en ciseaux et retomber.

– Je fais ça pour lui, elle dit en s'épongeant le front.

– Pour lui?

– Le prince, il me mate. Il adore ça. Il croit que je ne le sais pas!

Elle se laisse tomber dans l'un des fauteuils et elle enlève ses chaussons.

Elle masse ses pieds, l'un après l'autre, du talon aux orteils, en creusant bien sous la plante.

– À force, ça brûle la peau. Je soulage à l'escalope. Crue, bien juteuse. Je la glisse dans mes chaussons.

Elle repose son pied, prend l'autre.

– Le tout, c'est de trouver un bon boucher, elle dit en riant.

Je ris avec elle.

Après, elle se relève. Se tient droite devant moi.

– Pour réussir, il faut que la jambe soit désaxée C'est pour ça qu'on nous déforme quand on est petite. Dans les crimes, on reconnaît toujours un squelette de danseuse.

Ses pieds sont pâles, malingres, avec des marques rouges, des cicatrices. Celui de droite est protégé par une bande Velpo.

– J'ai dansé avec des ampoules, des abcès crevés. Tout ce que tu vois, c'est mes marques de guerre.

– Et tu aimes faire ça?

– Plus que tout!

– Plus que Valentino?

Elle fait un geste avec la main. Une moue dubitative. Elle rit encore et puis elle montre la porte tout au bout du couloir.

– Je suis sûre que ce vieux fou est derrière. Qu'il nous écoute.

– Ce n'est pas un fou.

– Il a un scarabée doré dans l'un de ses tiroirs. Le soir, il le sort et il lui parle. C'est pour ça qu'il ne veut pas que Luigi passe l'aspirateur.

– Je ne te crois pas.

Elle hausse les épaules.

– Il reçoit des filles, pour ça non plus tu ne me crois pas ?

– Moi, je connais quelqu'un qui aimait une guenon aussi fort que sa vie. Quand sa guenon est morte, il l'a couchée sur un radeau et l'a laissée partir sur la mer.

Matin de pluie. La fenêtre ferme mal. L'humidité décolle le papier.

La lampe du bureau n'éclaire plus. J'ai beau la tourner dans tous les sens, tirer sur les fils, impossible d'avoir de la lumière.

Il y a du bois dans la cheminée. Deux grosses bûches et des fagots. Je vais chercher un journal et des allumettes. En cinq minutes j'ai des flammes.

Je tire le fauteuil et je passe une partie de la matinée devant le feu. Je lis Duras. Je n'en décolle pas. Quand je regarde ma montre, il est plus de midi.

L'après-midi, je visite le musée Guggenheim. J'ai promis au prince. Je prends des photos. Le jardin sous la pluie. Les statues exposées dans la cour, au bord du Grand Canal.

Il pleut toujours. Je reviens à la pension.

Dans le salon, le prince sommeille. Près de la fenêtre. Sa couverture de laine tirée sur ses jambes.

Il entend la porte. Ouvre les yeux.

– Vous êtes là ?

– Je ne voulais pas vous réveiller.

– Je ne dormais pas.

Il montre l'eau qui coule de mon imperméable.

– Allez vous sécher et quand vous reviendrez, vous me remonterez un peu d'eau de la lagune.

– De l'eau de la lagune ?

– Mais il faudra faire vite. Il y a un seau dans le réduit à chauffage et une corde suffisamment grande au fond du placard.

– Si Luigi nous voit…

– Il ne nous verra pas. Il est dans ses quartiers, et puis vous allez faire attention n'est-ce pas ?

Le prince sourit.

Je trouve le seau et la corde dans le réduit. J'attache la corde au seau. Le prince me regarde faire, chacun de mes gestes, il les suit, attentif.

– Vous savez faire les nœuds de marins ?

– Un pêcheur breton ! Il m'a appris il y a long-temps.

Le prince roule jusqu'à la porte, il vérifie que Luigi est toujours dans sa cuisine.

– C'est bon, vous pouvez y aller!

Il reste pour faire le guet.

J'ouvre la fenêtre et je fais passer le seau. C'est un seau en plastique. Il descend bien, sans bruit. J'ai suffisamment de corde. Quand il touche, il s'enfonce.

Je remonte deux litres de lagune.

– Tenez, je dis.

Il regarde.

– C'est bien. Suivez-moi!

Dans sa chambre. La veste est toujours contre le mur avec la cravate et le mot scotché.

Il me prend le seau des mains et il le vide dans le broc de faïence posé sur la commode. L'eau est verte, légèrement trouble.

– C'est comme ça partout?

– Partout.

Il tire le rideau. La lumière change. Dans le broc l'eau devient rouge.

Il pose la tête sur le rebord et il respire.

– Ce doit être beau le soir, avec les gondoles noires sur la lagune.

– Il n'y a pas de gondoles en ce moment.

– Pas de gondoles?

– C'est l'hiver, je dis.

– Mmm… Vous croyez que ça gèle une eau comme ça?

– Je ne sais pas… C'est salé. L'eau salée, en principe…

Il se redresse, songeur.

– Voilà ce que nous allons faire : nous allons remettre l'eau dans le seau et nous allons attendre une nuit de grand froid, il y en aura bien une ! Nous mettrons alors le seau dehors, dans le jardin et nous verrons bien.

J'ai une verrue sur la tête. Dans mes cheveux. Je ne la vois pas mais je la sens quand je passe les doigts. Je n'ose la montrer à personne. Elle ne grossit pas. Un jour, j'ai pris une photo, tête basse, dans un photomaton. Le cliché était trop sombre. Je n'ai rien vu.

Après le bain, je me glisse dans les draps. Avec Trevor, j'aimais ça, l'amour les jours de pluie. J'essaie de dormir. Même fermer les yeux, je ne peux pas. Je touche ma tête. La verrue est toujours là. J'ai l'impression qu'elle grossit.

Entre mes cils, je vois mes affaires, les chemises, les chaussettes. Les ranger, je ne pense qu'à ça. Ça m'empêche de dormir l'idée qu'elles ne soient pas parfaitement ordonnées.

Je finis par me relever. Une première fois et puis une deuxième. Je vérifie. L'alignement. Mes pulls. Mes chaussures, bien parallèles sur le plancher.

Quand je commence, je ne peux plus m'arrêter. Ça dure… Je ne sais pas. Une heure, peut-être plus.

Quand je reviens dans le salon, le prince est à table. Il me regarde approcher.

– Vous êtes encore en retard, il dit en me montrant devant lui son assiette vide.

Luigi a fait des côtelettes avec de la purée et du jus noir.

– Vous auriez pu m'attendre.

– Vous attendre ?

Le prince prend une pomme dans le compotier et il commence à la peler. Lentement. Ensuite, il la coupe en quatre, il enlève les pépins. Il dispose les quartiers dans le creux de son assiette.

– Je n'ai jamais attendu personne.

Il dit ça. Comme étonné par cette chose. Il mange sa pomme, quartier après quartier. Quand il a fini, il sort de la poche intérieure de sa veste une petite bouteille. Une fiole plate. Du verre très épais.

– Vous n'avez pas le respect du temps, il dit.

Il dévisse le bouchon et il s'en verse un fond dans son verre. Il referme le bouchon et il remet la fiole dans sa poche.

– Le respect du temps, c'est être là exactement au moment où il faut. Pas avant. Pas après. Vous devriez apprendre cela.

Il prend son verre. Il avale, un coup sec, et il repose le verre sur la table.

– Mais vous avez peut-être raison, j'aurais dû vous attendre.

Il se cale dans son fauteuil, la tête appuyée.

– Le jour où ils ont emmené Tatiana, je suis arrivé avec une minute de retard. Une minute, vous comprenez ? Et à cause de cette minute-là, je ne l'ai plus jamais revue.

– Qui est Tatiana ?

– Ça ne vous regarde pas.

Près de la fenêtre, le sapin clignote, un faux contact dans l'une des guirlandes. Je me lève, je fais bouger les fils.

– Je croyais que ça n'existait plus les princes en Russie ?

– La Révolution nous a chassés, elle ne nous a pas tués.

Ça clignote toujours. Je dévisse l'ampoule et je la pose sur la table.

– Vous me racontez ?

– Qu'est-ce que vous voulez que je vous raconte ?

– La Révolution.

Le prince me fixe, et puis ses yeux se détournent. Regardent par la verrière. Le ciel devenu blanc.

– Quel temps fait-il dehors?

– Froid. Luigi dit qu'il va neiger.

Un frisson passe sur ses lèvres. Il ressort la fiole de sa poche.

– Vous voulez que je vous raconte ce que c'est que la fuite? L'exil? C'est cela que vous voulez?

Silence.

Au bout de ce long silence, une phrase.

– Un jour, on était encore à Saint-Pétersbourg, il y a eu les premières rumeurs de peste, il a fallu fuir.

Il respire les vapeurs d'alcool qui s'échappent de la fiole.

– Mon père avait des amis à Pskov et à Vilnius, c'est là-bas qu'il voulait aller, et de là, après, passer en Pologne. Une nuit, mes parents ont ressorti les tableaux qu'ils avaient cachés sous le lit. Ils ont enlevé les cadres et puis ils ont détaché les toiles des châssis. Ils ont roulé les toiles autour de leur ventre. Tous ils ont fait ça, ma grand-mère aussi. Pour moi, ils ont choisi un petit format, je me souviens, un paysage d'arbres avec sur le devant un berger et des moutons qui broutaient dans des ruines. Des jours, on s'est entraînés à marcher avec ça autour du ventre. À la fin, on a pris l'habitude, on ne les sentait plus. La nuit du départ, mon père a pris une pelle et il est allé creuser dans le jardin. Il a enterré une caisse près du bassin.

C'était l'argenterie. Pendant ce temps, ma Niania a cousu les bijoux dans la doublure de son manteau. Le matin, elle est sortie. Il y avait des contrôles partout, dans la ville mais aussi sur les chemins dans la campagne alentour. On a attendu. Un moment, on a cru qu'elle ne reviendrait pas. Mais elle est revenue. Elle a toujours fait ça, passer devant pour voir si la voie était libre. Les miliciens ne faisaient pas attention à elle. S'ils avaient su ce qu'elle avait dans son manteau, ils l'auraient fusillée. Ils nous auraient tous fusillés.

Suit un long moment de silence et puis le prince continue.

– Des semaines on a mis pour arriver jusqu'à la Vistule. On allait, tantôt à pied, tantôt en train. Dans des wagons avec les bêtes et la poussière. Tout ce temps, il a fallu se cacher, attendre dans les gares, se tenir prêts. À fuir. À mourir. J'étais petit, je me rappelle pourtant très bien ces jours d'attente. De peur. Et le contact rêche de la toile contre mon ventre. Tissu précieux que je portais à même ma peau et que je savais gage de notre survie.

Il regarde dans ses mains, l'intérieur, et il les frotte l'une contre l'autre, longuement.

– On a été hébergés quelque temps à Pskov et à Vilnius, chez les amis de mon père, des aristocrates qui aidaient les Russes à immigrer. Ils n'ont pas pu nous garder. Trop de risques. Après quelques semaines, il a fallu repartir. Se retrouver sur les routes. Mon père voulait traverser la Pologne, rejoindre Berlin. C'était l'hiver. Ma Niania me portait serré contre elle, dans la chaleur de son manteau. Quand elle ne pouvait plus me porter, elle me passait à mon père. Le soir, pour m'endormir, elle me lisait des poèmes russes. Elle était enceinte, un jardinier qu'elle avait rencontré à Pskov et qui devait la rejoindre à Berlin. Quand on est arrivés sur les bords de la Vistule, ça a été terrible... Les villes avaient été bombardées, ils avaient fait sauter les ponts. On n'a pas pu traverser. Il a fallu remonter, trouver un endroit de fleuve gelé. Des gens se sont mêlés à nous. On était devenus une horde. Ma grand-mère était fatiguée, elle ne pouvait plus avancer. Elle est morte là, sur le bord du chemin. Elle s'est assise et elle est morte. Mon père l'a prise sur son dos et il l'a portée. Jusqu'à Berlin. On dormait dans des cabanes, dans des auberges quand on trouvait. La nuit, il la laissait dehors, dans le froid, et au matin il la reprenait. Un matin, quand il est allé la chercher, quelqu'un était passé et lui avait arraché ses boucles d'oreilles.

– Cette toile autour de votre ventre, vous l'avez encore ?

– Non. Mon père l'a vendue. Elle nous a permis de tenir les premiers temps à Berlin.

Le prince se frotte le visage avec les mains.

– Je n'y arriverai jamais.

– À quoi voulez-vous arriver ?

– À mourir dignement.

Maintenant, quand elle est seule, Carla toque à ma porte et on déjeune ensemble.

On parle d'amour. De sexe.

À voix basse pour que Luigi ne nous entende pas. On rigole comme des collégiennes.

– Tu avais quel âge toi, la première fois ?

– Quinze ans.

– Ton marin breton ?

– Comment tu sais ça ?

– Je t'ai entendue hier quand tu l'as dit au prince.

– Tu écoutes aux portes !

– Je ne vous écoute pas, je vous entends. Vous parlez fort. Je suis sûre qu'il est amoureux de toi.

– Carla !

Carla sourit.

– Moi, la première fois, j'avais seize ans. C'était avec un oncle. Je l'aimais bien. Un jour, je lui ai téléphoné, je lui ai demandé ça comme un service. Il a accepté.

– Tu parles !

– Il aurait pu dire non.

Elle se met à rire.

– C'était bien toi avec ton Breton ?

– Oui.

– Moi, c'était plutôt scolaire mais je ne regrette pas. Dans toutes les familles on devrait faire comme ça. Se choisir une sorte de parrain.

Elle croque dans sa pomme.

– Tu avales toi ?

– Carla !

On prend un fou rire toutes les deux, le nez dans nos tartines.

– Mon oncle, il est célibataire. Il habite Vérone, il faudrait que je te le présente.

– Je n'ai pas besoin de ton oncle !

– Tu préfères ton libraire ?

Je ne réponds pas.

Il y a toujours des bouquets de fleurs chez Luigi, sur la table du salon et aussi sur la commode face à l'entrée. Luigi ne jette jamais les fleurs à la poubelle. Même quand elles sont fanées. Il les descend dans le jardin et il les pose sur la terre.

Dans le jardin, il y a comme un cimetière. À cause des fleurs.

À cause des chats aussi qu'il enterre là quand ils sont morts.

Onze heures, je prends le vaporetto jusqu'à l'Académie.

Le pont, la rue

Et l'interphone.

Je passe plusieurs fois devant avant de me décider et puis je sonne. Une voix de femme.

– *Si* ?

– Je voudrais parler au peintre.

– Qui êtes-vous ?

Je donne mon nom mais ça ne lui explique rien.

– J'ai un livre. Je voudrais le faire dédicacer.

Grésillements, et la voix me dit que ce n'est pas possible, qu'il ne faut pas insister. J'insiste quand même. Suit un long silence et puis la voix dit non, vous ne pouvez pas monter.

Je n'insiste plus.

J'entre dans le café, même rue, une table près de la fenêtre, en me penchant je vois la porte. J'attends.

Avec midi, le café se remplit, des jeunes, pour la plupart des étudiants, les bras encombrés de livres, de cartons à dessin. Ils commandent des pizzas, des sandwiches. Ils parlent fort. Les filles sont belles.

Elles sont belles à Venise encore plus qu'ailleurs.

Dehors, il commence à pleuvoir, une espèce de bruine jaune qui recouvre la ville. Salit les façades.

Je trouve des biscuits qui traînent au fond de mes poches. Je les mange. Je regarde les gens autour de moi, j'ai toujours aimé faire ça. Après les biscuits, je reprends un chocolat.

Et puis je les vois entrer, elle, comme la veille, son châle rouge noué autour des épaules. Lui, la casquette vissée. Une présence énorme.

Il s'avance tout au fond de la salle, une table réservée. Elle le suit.

Un endroit discret près de la lampe.

Je les vois. Leurs visages, leurs gestes. Ses mains à lui, sur la nappe, posées. Comme oubliées.

Son grand corps.

Je sors le livre de mon sac et je me lève.

– Si vous pouviez me le signer, je dis en le montrant.

Elle me regarde, moi, le livre, elle revient à moi.

– C'était vous l'interphone ? elle demande.

– C'est pas long une signature…

Elle dit quelque chose en vénitien et le peintre lève les yeux sur moi, un regard profond, comme habité par quelque chose de plus grand que sa vie.

Il tend la main. Prend le livre. Il l'ouvre, la première page, celle où il y a ce titre terrible, *Music à Dachau*. Il sort un stylo de sa poche, il enlève le capuchon, le pose sur la table. Il remonte la manche de son pull et il écrit *Venezia*. Venezia seulement, et les trois mots réunis, Music, Dachau, et maintenant celui-là, Venise, ces trois mots résumant à eux seuls tout un pan de son histoire.

Je regarde son visage. Je ne peux pas faire autrement. Son visage et encore ses mains.

Et d'un coup, je sais que je n'ai rien à faire là. Je me sens pâlir. Du dedans. Et puis suer.

Il lève ses yeux sur moi.

– Votre nom ?

Je ne sais pas…

– Dino, Dino Manzoni. Il faut écrire cela.

Il écrit et puis il ajoute quelques mots en dessous, une écriture petite, légèrement tremblée.

Il signe et le livre se referme.

Sa main reste un moment posée sur la couverture.

– Pourquoi vous faites ça ? Me demander ça… Quelle importance…

Il se frotte le crâne avec la main comme si avec ce geste il pouvait mieux comprendre.

– Dans quelques jours c'est Noël…

C'est tout ce que je trouve à dire.

Il me rend le livre.

– Vous savez, c'est difficile.

– Qu'est-ce qui est difficile ?

Il soulève sa main, une main soudain devenue tellement lourde, et il refait ce geste terrible de poser cette main sur le devant de son visage.

Ce geste-là.

Comme pour se cacher. Ou retrouver en lui ce quelque chose qui lui échappe. Quelque chose d'enfoui.

– C'est difficile, tellement difficile.

Les seuls mots qu'il s'arrache.

Et la femme aux cheveux rouges en face, qui le regarde.

Soudain, je m'en veux. D'être là. D'avoir osé cela. Je me détourne.

À peine si je salue.

Je vous revois, vous êtes assis sur l'un des hauts tabourets du Harry's Bar. Je sais que vous venez là, vous me l'avez dit. Jamais l'été. L'hiver, l'hiver seulement. Aux gros froids. Quand il n'y a plus de touristes et que le quai redevient vide.

On n'avait pas rendez-vous. Et pourtant c'est mieux qu'un rendez-vous.

Vous me regardez approcher.

Vous dites *les actes impurs sont les plus beaux*, et vous reposez votre verre sur le comptoir.

Les mots, à peine entendus. Lus sur vos lèvres. Devinés.

Les actes impurs.

Je m'assois près de vous.

Il est des êtres dont c'est le destin de se croiser. Où qu'ils soient. Où qu'ils aillent. Un jour ils se rencontrent.

On est de ceux-là.

– Qu'est-ce que vous voulez boire ?

– La même chose que vous.

Je crois qu'on est ensemble, déjà. Qu'on a sa place dans la vie l'un de l'autre. Même s'il ne se passe rien. Même si on ne se touche pas.

Même si vos mains.

– Hemingway venait là lui aussi. Et puis Barrès, Proust, Morand…

On revient à cela, toujours, immanquablement.

– Vous les aimez tant que ça tous ces gens ?

– Je les aime oui.

– Tellement ?

– Tellement.

– Et vous venez là parce qu'ils y sont venus ? Les livres ne suffisent pas ?

– C'est la vie qui ne suffit pas.

– Mais les livres, ce n'est pas la vie ?

Vous souriez.

– Peut-être que vous avez raison.

Le bar est désert. Juste une femme derrière nous. Seule. Des fenêtres au verre très épais qui filtre la lumière du dehors. Empêche de voir.

Les serveurs passent autour de nous. Ils nous frôlent. Ce lieu, intime. Un lieu de temps immobile. Bloqué.

– Vous comprenez pourquoi je ne pourrai jamais partir d'ici?

– Peut-être. Je comprends.

Lambeaux de phrases.

Le cognac me brûle les lèvres. Je vous regarde fumer. Tourner votre verre dans le creux de vos mains.

– Je lis Duras.

– C'est bien.

On parle du prince et puis d'ici. De cette vie ici, en marge du monde.

– Vous l'aimez bien votre prince?

– C'est un joueur d'échecs.

– Un joueur d'échecs? Alors il vous faudra lire *La Défense Loujine*, Nabokov… J'ai une traduction en italien mais vous ne lisez pas l'italien n'est-ce pas?

Je sors le livre sur Music et je le fais glisser jusqu'à vous. Lentement. Vous posez votre main sur la couverture, vous l'ouvrez et vous voyez votre nom écrit, la signature. Vous devenez très pâle.

– Il ne fallait pas faire cela.

Avec votre main, doucement, vous repoussez le livre vers moi.

– Vous êtes en colère ?

J'ai peur de ça, que vous soyez en colère contre moi. Contre cette chose que j'ai faite.

Sans vous le dire.

Sans vous en parler.

Et qui vous arrive là, soudain, sous la forme de mots.

– Pas en colère, vous dites. C'est autre chose.

Et puis :

– Vous n'avez pas réfléchi.

Vous me regardez.

Vous étouffez.

C'est dans vos yeux.

– Il faut sortir.

Et puis quand on est dehors.

– Je vous emmène dans le Ghetto.

On prend le vaporetto à San Marco. Toute la remontée, debout sur le pont. En plein vent.

– C'est là qu'il faut se mettre pour voir le mieux.

Dans le froid.

– Duras, elle a vraiment vécu là-bas, en Indochine?

– Oui.

Vous me racontez. Tout ce que vous savez. Vous savez beaucoup. Je vous écoute.

Toujours, des hommes et des femmes se sont rencontrés à Venise. Toujours, des hommes et des femmes se sont aimés. Ont bravé le vent.

Je vous regarde.

Je ne vous connais pas. Je vous rencontre.

– Vous rougissez.

Je détourne la tête.

Vous souriez.

C'est à cause de ça.

Votre sourire. Et votre voix. J'ai aimé votre voix comme on aime un corps.

On regarde ailleurs. L'eau découvre les marches, le bois pourrissant des pieux.

Avec les lumières, on voit à l'intérieur des palais. Les lustres éclairés.

– Les Vénitiens sont là. Ils seront là jusqu'à la fin.

Vous aussi vous êtes là, je dis, mais pas suffisamment fort. Vous n'entendez pas.

– C'est pour ça que vous vendez les livres des autres ? Parce que vous n'écrivez pas ?

Vous allumez une cigarette. Vous soufflez la fumée loin devant vous.

Des gondoliers parlent entre eux en se laissant porter par le courant.

– San Marcuola, on descend.

On s'enfonce dans les rues qui mènent dans le Ghetto. Des ruelles de plus en plus étroites, avec du linge qui sèche dehors, des vêtements pendus sur des cordes entre les appartements. Des draps de couleur.

Une boutique. Un laveur de linceuls.

– Le Campo du Ghetto Nuovo.

Une place entourée de hautes façades avec quelques arbres au milieu. Des bancs de pierre.

Un puits.

Un mur.

Contre le mur, une plaque de bronze. C'est là que vous me faites aller, traverser toute la place en son long pour rejoindre cet endroit.

– C'est un hommage à ceux qui sont morts là-bas.

Vous me faites toucher. Avec les doigts. Le train. Les corps entassés. Multiples, imbriqués et devenus une même douleur. Des corps comme une seule chair, arrachée et vomie des wagons.

Votre main se plaque sur la mienne.

Sur mes doigts, je sens la brûlure de votre peau.

– Venez.

Vous m'emmenez plus loin, vers l'autre mur. D'autres plaques. Des corps, sortis du bronze. Liés à des poteaux. Sur le point d'être fusillés. Ou fusillés déjà.

Une signature : A. Blatas 79.

Au-dessus, tout en haut du mur, des rangées de barbelés.

C'est quelque chose dans vos yeux. Soudain. Une douleur. Vous appuyez votre main contre la plaque.

– L'art seul est capable d'une telle vérité.

Il fait froid. J'en tremble. Je serre les dents pour les empêcher de claquer. Vous souriez et puis vous m'entraînez jusqu'au café. Une table près de la fenêtre, on commande deux chocolats.

Dans les tasses, le lait fume.

Je réchauffe mes mains.

Même d'ici vous regardez encore, loin, de l'autre côté de la place, la plaque, ce train qui vous hante.

Alors que vous ne la voyez pas. Ou à peine.

– Vous souffrez ?

– Oui.

– Vous êtes juif ?

Vous laissez retomber le rideau.

Le temps d'un silence et puis vous répondez.

– Oui.

L'eau commence à suinter dans la ville. Entre les pierres. Déjà elle déborde le long des Zattere. Efface la frontière entre la pierre et l'eau.

Elle remonte par les bouches, sur la place, elle s'étend comme un long serpent. Sinueuse. Terre. Eau. Zone imprécise, mouvante. Sur Saint-Marc mais aussi dans les ruelles tout autour.

Luigi m'a dit, la lune est pleine, la marée sera forte. Il faut acheter des bottes. Bientôt il y aura tellement d'eau dans la ville que sortir deviendra impossible.

Déjà, il faut marcher sur les chemins de planches.

Le prince est fatigué. Je dîne seule. Luigi me dit qu'il ne sait pas qui est Tatiana. Que le prince en parle quelquefois quand il a bu.

Qu'il y a une photo punaisée au-dessus de son lit mais il ne sait pas si c'est elle.

– Chacun a ses soucis et la vie des uns ne regarde en rien celle des autres.

Il enlève la nappe et il range les chaises autour de la table. Il ramasse l'assiette propre du prince, le verre, le pain. Il place tout sur le plateau.

Ensuite il retourne dans la cuisine.

Je reste à la table. J'entends les bruits de vaisselle, l'eau qui coule dans l'évier.

Après je n'entends plus rien.

Dans ma chambre.

Minuit passé. Carla et Valentino rentrent. Je les regarde par l'entrebâillement de la porte. Ils prennent des bonbons dans la coupe. On fait tous ça, eux, moi, le prince aussi doit le faire.

On prend plus que nécessaire.

Luigi le sait.

Il donne sans compter.

Le lendemain matin, on sort des chambres en même temps Carla et moi.

– Ça ne va pas? je dis.

– Si, ça va.

Elle a la voix qui tremble. Elle s'assoit et elle se sert une tasse de café. Du menton, elle montre la chambre.

– On s'est juste un peu disputés.

Elle prend un morceau de sucre et elle écrase les coins sur la table.

– C'est notre première dispute. Pour un ourlet de pantalon, tu te rends compte!

Elle avale une gorgée de café.

– Il a acheté un pantalon… Il voulait que je fasse l'ourlet.

Elle brasse avec sa cuillère dans le fond de café.

– Il est allé demander du fil à Luigi. Du fil et une aiguille.

Ses lèvres, humides, elle les essuie avec le pouce. Je ne sais pas gérer le désespoir, le mien, encore moins celui des autres. Je n'ai jamais su.

Et puis l'histoire qui revient. Toujours la même histoire. Le même désaccord.

Je détourne la tête. Dehors, les toits, le ciel. Un temps sombre, chargé de nuages.

– Ça va s'arranger… je dis, et je ne sais pas si je parle du temps. Ou d'elle. De sa vie.

Elle ne le sait pas non plus.

Mais c'est tout ce que je trouve à dire à ce moment-là. Ça va s'arranger, alors que ça ne s'arrangera pas.

Elle attend que je lui dise cette chose-là, ça ne s'arrangera pas, cette vérité, que ça ne s'arrangera jamais, jamais plus, jamais plus comme avant. Et qu'il n'y a rien à faire contre ça.

Je prends une tranche de pain, je la recouvre de confiture. Impossible de mordre dedans. Je la repose.

Il faudrait arrêter de mentir. Aux gens, aux vieux, aux enfants.

Quand Trevor est parti, j'aurais dû lui dire je ne crève pas pour toi mais c'est ma jeunesse qui crève. Quelque chose que je porte en moi et que j'aimais et qui s'en va.

Je ne lui ai rien dit.

Au fond du salon, la porte s'ouvre, Carla baisse la tête.

– Ne fais pas ça, je dis.

Mais ça ne suffit pas.

Je veux me lever. Partir.

Elle dit *reste*.

D'une voix, venue du ventre. Valentino s'avance. Je sens la tension entre eux. Palpable. Je la subis. Ça me rappelle trop les silences avec Trevor à la fin quand on ne s'engueulait même plus.

Qu'on s'ennuyait.

Au restaurant, on n'osait plus se regarder. On regardait par la fenêtre ou alors on regardait les autres. Ailleurs. On tournait notre fourchette entre nos doigts. On avait hâte de finir, hâte de payer. Hâte de partir. Et pourtant on ne partait pas. On s'accrochait. Moi surtout.

Je ne les regarde pas.

Je prends une orange. Je la garde dans ma main et puis je la fais rouler sur la table, d'une paume dans l'autre.

L'amour de Carla connaît sa fissure. La première. Elle le sait. Avant lui.

C'est le savoir des femmes.

Pour quelques centimètres de fil.

Carla relève la tête. Ses yeux. Les miens. Il faut bien vivre.

Je fais rouler l'orange vers elle, entre les bols. La table est large. L'orange roule lentement. Les mains de Carla hésitent et puis elles s'ouvrent. La vie reprend. Elle gagne sur les larmes. Par le jeu.

Personne n'est venu jouer avec moi quand Trevor est parti. J'ai joué toute seule, avec le poisson, et le poisson a crevé.

L'orange revient. Elle repart. La peau prend la chaleur de nos mains. Son ombre sur la table. Une fois et une autre encore. Carla sourit. C'est gagné.

Valentino le sent. Il dit quelque chose et Carla se mord la lèvre.

Elle commence à rire.

À la fin, elle rit tellement, elle pleure.

Valentino retourne dans la chambre. Carla le suit des yeux. Son dos. La porte.

– Sa mère non plus, elle ne voulait pas.

– Quoi?

– Ses ourlets, elle ne voulait pas les faire.

Elle ouvre la bouche comme pour ajouter quelque chose. Elle rit encore.

Je bloque l'orange.

Je prends mon couteau et je l'ouvre. Le jus coule, collant, sucré.

Je lui en donne la moitié.

Maintenant elle ne rit plus.

– Tu penses que j'aurais dû le faire ?

– Faire quoi ?

– L'ourlet.

– Je ne sais pas.

– Tu aurais fait quoi toi ?

Je ne réponds pas.

Je ne reste jamais assez longtemps avec un homme pour être confrontée à ça.

Mais je crois que je n'aurais pas aimé.

Sauf les ourlets de Trevor.

Les ourlets de Trevor, je les aurais faits avec les dents.

Quelques heures, le reflux soulève la vase, arrache des épaisseurs de sédiments qui viennent des dessous même de la ville. Le prince dit que Venise est construite sur une forêt. Il dit aussi qu'un jour l'eau recouvrira Venise et qu'elle ne s'en ira plus.

Sur les Zattere, les quais sont noirs. Du Campanile, on dirait que Venise se lave.

L'après-midi, je suis sous vos fenêtres. Je pourrais entrer. Je pourrais vous téléphoner aussi.

Je m'enferme dans un café.

Après je reviens.

Je pousse la porte.

Il y a du monde dans la boutique. Vous êtes au téléphone. Quand vous me voyez, vous bloquez l'écouteur avec votre paume et vous me faites signe d'entrer.

– J'ai le livre de votre prince.

Tout en parlant, vous vous penchez et vous sortez d'un carton un paquet enveloppé de papier kraft. Vous me le tendez. Je l'ouvre. *Degl'istorici delle cose Veneziane*. À l'intérieur, ça sent la moisissure, le champignon. Je prends le livre contre moi et je respire entre les pages.

Vous raccrochez.

Vous n'avez pas le temps de me parler. Vous dites revenez demain, entre trois et quatre, il y aura moins de monde. Vous reviendrez n'est-ce pas ?

Vous me raccompagnez à la porte.

– Et *Un barrage* ?

– Fini.

– Fini ?

Vous attrapez un livre derrière vous.

– Tenez, prenez ça.

Thomas Mann, *La Mort à Venise*.

Vous souriez.

Je rentre à la pension les livres collés contre moi.

Il fait sombre dans le salon. Sur la table, quelques bougies. Deux chandeliers aussi près de l'entrée.

– Prince?

Parce qu'il est voûté dans son fauteuil, la tête entre les mains.

Je pose les livres près de lui, sur la table.

Sa chemise est ouverte. Sa peau blanche, presque grise, une peau de vieillard.

– Prince...

Entre ses mains, une photo. Un visage. Une fille. Elle porte un lourd manteau, une toque de fourrure. Autour d'elle, il neige.

Il relève la tête.

– Cet amour a été une obsession, je n'ai jamais réussi à m'en défaire.

Il garde la photo serrée entre ses doigts.

– Je l'ai aimée, tellement aimée.

Il pose les yeux sur moi.

– J'ai été lâche vous savez...

Et puis il se tait.

Au bout du silence, une phrase.

– Je n'ai jamais réussi à me délivrer de cela.

Il referme sur lui les deux pans de sa veste. La lumière des bougies couche des ombres noires sur son visage. Seuls, ses yeux.

– Approchez-vous... Asseyez-vous près de moi.

– Que s'est-il passé ? je demande en montrant les chandeliers.

– Les plombs ont sauté. Luigi ne comprend pas, il attend l'électricien. L'électricien, à deux jours de Noël... Je ne peux plus écouter de musique vous comprenez ? Le passé en profite. Puis-je poser ma main sur votre bras ?

Ses doigts sont froids, légèrement mouillés. Le prince ferme les yeux. Un moment, je crois qu'il dort. Je regarde les bougies, les flammes jaunes dans la pénombre.

Les flammes aussi qui se reflètent dans le miroir.

– Tatiana est la fille que ma Niania a eu avec son jardinier.

Il raconte. Des bribes. Lentement.

Un peu de cire coule le long d'une bougie et puis de là le long du bougeoir en étain.

– Elle est née quelques mois après notre fuite de Saint-Pétersbourg. En plein exode, dans un fossé au bord de la Vistule. J'étais là. J'ai vu cela. C'est peut-être de l'avoir vue ainsi, tellement fragile quand elle est sortie du ventre. J'ai passé mon enfance à la protéger. Toujours. Tant que j'ai pu.

Le prince glisse la photo sur la table. Il regarde les livres, tend la main, tire le paquet jusqu'à lui. Il reste, la main posée dessus, sans l'ouvrir.

– J'ai deux frères, Yvan et Leon. Mais c'est avec Tatiana que j'ai grandi. C'est avec elle que j'ai joué. Le dimanche, on allait manger des glaces dans les jardins. J'avais une gouvernante française. Tous les matins, elle venait me chercher et elle me faisait étudier dans le bureau de mon père. Tatiana m'attendait dans le couloir ou dehors, dans le parc quand il faisait beau. Je voulais qu'elle apprenne avec moi. Mon père interdisait cela. Alors le soir, je la retrouvais. En cachette. Je lui prêtais mes livres, mes cahiers. Elle recopiait tout. La nuit. À la bougie. C'est comme ça qu'elle a appris.

– Et après, que s'est-il passé?

– Après, j'ai grandi. À seize ans, je suis allé à la grande école de Berlin. J'étais pensionnaire. Je rentrais le week-end et pour les vacances. Mais je continuais à voir Tatiana et aussi à lui apprendre.

Le prince regarde la photo. Longuement.

– Et puis un jour, je me souviens, c'était pour mes dix-huit ans. Nous étions à table, il y avait mon père, ma mère, mes deux frères Yvan et Leon et aussi d'autres membres de la famille. À un moment, nous avons manqué de pain, ma mère a sonné la bonne et c'est Tatiana qui est entrée. J'ai dû manger, tout faire comme à l'habitude, ce jour-là et puis les jours suivants, avaler ce qu'elle déposait pour moi dans mon assiette. Je n'ai rien demandé. J'étais incapable.

Le prince serre ses mains l'une contre l'autre. Les empêche de trembler.

– Mais le pire ce n'est pas ça.

– Qu'est-ce que c'est le pire ?

– Le pire, c'est que Tatiana a perdu le désir d'apprendre. Quand je la retrouvais le soir, avec mes livres, elle disait qu'elle ne pouvait plus, qu'elle était trop fatiguée. Elle ne pouvait plus se concentrer. Elle a commencé à prendre du retard. Alors j'ai recopié pour elle, j'ai trié, annoté, pour ne lui garder que l'essentiel. Je ne voulais pas qu'elle abandonne. Elle savait ça alors elle a insisté. Quelque temps. Pour moi. Le matin, elle se levait, elle avait les yeux brûlés. Un soir, je suis entré dans sa chambre, elle m'attendait. Assise sur le rebord de son lit. Elle a levé les yeux sur moi. Elle n'a rien dit. Je me souviens de son visage ce soir-là.

Ses yeux résignés. Elle ne pouvait plus. Elle m'a rendu les livres. J'ai hurlé quand j'ai compris ça. Qu'elle renonçait. Que l'on pouvait renoncer. Et que c'était cela la force des puissants, enlever aux plus faibles le goût d'apprendre.

Le prince se frotte les yeux plusieurs fois. Il les écrase, comme s'il voulait enfoncer les images à l'intérieur de son crâne.

– Je suis allé voir mon père. Je croyais que je pouvais lutter.

Il se tait à nouveau. Un moment, je crois qu'il ne parlera plus. Je pose ma main sur la sienne.

– Prince..

Sa peau est froide.

– Que s'est-il passé après?

– Mon père les a tous renvoyés, Tatiana, ma Niania et le jardinier. Le vendredi suivant, quand je suis revenu de l'université, il m'a fait appeler dans son bureau et il m'a expliqué tout cela, calmement. J'avais deux frères mais j'étais l'aîné, le prince Vladimir Pofkovitchine, huitième du nom! Des devoirs étaient attachés à ce rang. Dans la bouche de mon père, les choses étaient simples. Il parlait. Je l'écoutais. Ma mère était assise dans une bergère près de la cheminée. Elle n'a rien dit pendant toute la durée de l'entretien. Je sentais sa présence. Muette. Attentive. Je ne sais pas ce qu'elle pensait. Je crois qu'elle aimait trop mon père. Qu'elle le craignait trop aussi. Elle en avait peur.

Quand je suis sorti du bureau, j'étais sans vie. La femme de chambre m'attendait dans le couloir. C'est elle qui m'a dit que Tatiana et ses parents devaient prendre le train le soir même pour Saint-Pétersbourg. J'ai pris un vieux vélo qui était là devant la maison des domestiques.

J'ai pédalé comme un fou. Quand je suis arrivé à la gare, le train venait juste de partir. J'ai eu le temps de voir le dernier wagon en bout de quai. Ce train qui emportait Tatiana… Une minute plus tôt et je l'avais. Une minute, vous comprenez? Je suis resté trois jours sans rentrer, à me saouler dans les bars louches de la ville. Le prince Pofkovitchine baisait à tout va avec les filles des plus grands bordels. Ça a fini par se savoir. Les employés de mon père m'ont retrouvé et ils m'ont ramené.

Le prince reprend la photo. Il la tourne et la retourne dans ses mains.

– Six mois après j'étais marié, une fille de haut fonctionnaire, une riche héritière, lointaine cousine de Norvège, Lodja Mirandovna. Un mariage arrangé dans la plus grande tradition russe.

Le prince me sourit.

– Depuis, je ne supporte plus le moindre retard.

La boutique est vide. C'est entre trois et quatre. La petite lampe sur le bureau avec à côté, un peu dans l'ombre, le chat Lulio.

Dans la nuit, le rio a débordé. C'est pour ça, vous avez peur pour vos livres, vous montez tous les cartons sur des planches à tréteaux.

Vous me montrez l'eau entre les dalles.

– On peut vivre encore à Venise. Mais vivre est difficile.

– Vivre est difficile ailleurs aussi.

– À Paris?

– À Paris, à cause des voitures, du bruit.

– Et dans votre Dauphiné? C'est comment dans votre Dauphiné? Un jour, j'irai vous voir là-bas.

– Vous conduisez ?

– Non, mais je peux apprendre.

Vous montrez le chat.

– Il sent l'aqua alta. Ça le rend nerveux.

Vous me parlez de votre chat et de tous les chats que vous avez eus avant.

De ce gris solitaire qui passe le soir, quand la nuit tombe. Vous lui donnez à manger dehors, sur le pas de la porte. Toujours à la même heure. Vous posez l'assiette, vous rentrez et quand vous revenez un moment après, l'assiette est vide.

Vous dites qu'avec ce chat, vous avez l'impression que votre vie est épiée.

Vous me montrez les cartons.

– Je finis de ranger ça et on fait la pause.

Sur le bureau, un livre, des photos, les sols de San Marco.

– Je connais un passage pour rentrer de nuit dans San Marco. Un passage secret.

Vous posez le carton, les livres en tas.

Et puis vous levez les yeux sur moi.

– Un jour, je vous emmènerai.

On ne se tutoie pas. On est dans cet avant de l'intime. Avant qu'on se touche. Avant qu'on se jette. Avant. Je ne sais pas.

Vos lèvres sont sèches. J'ai envie de les frôler. Avec mes doigts. J'ai envie de ça.

Je l'ai aimée cette envie-là. Avec tant d'hommes. Ce moment brûlant d'avant la peau.

Ce moment du désir.

Je l'aime avec vous. Encore plus.

Après vous, je ne pourrai plus. Je n'en aurai plus la force.

Je tends la main. Je caresse le chat.

– À quoi pensez-vous ?

Je pense à vous. À vous seulement. Comment vous raconter cela ?

Vous refermez l'escabeau et vous le glissez entre deux étagères.

– Je vais faire du café.

Et puis après, en souriant :

– Ce n'est pas la peine de ranger.

Vous disparaissez dans la pièce du fond.

Je commence à connaître vos silences. J'ai eu les mêmes. Aussi brusques. Profonds. À la fin, j'avais les lèvres collées. Même le téléphone je ne répondais plus. Il fallait venir me chercher. Cogner à la porte. Ouvrir de force et m'arracher. Personne ne le faisait. J'étais devenue une taupe. Une nuit, j'ai rêvé que je mangeais du verre. Je me suis réveillée en saignant du nez.

– Et votre prince, qu'est-ce qu'il devient ? vous dites en revenant avec le plateau.

– On dirait qu'il prend congé.

– Comment ça ?

– Quand il boit, on dirait qu'il dit adieu au vin. Et comme ça en toute chose… Je lui ai dit, on dirait que vous dites adieu.

– Qu'est-ce qu'il vous a répondu?

– Il a répondu : chaque jour je dis adieu.

On reste ensemble. À parler. Toute cette heure entre trois et quatre.

Vous me montrez des livres, vous les posez devant moi, en poussant les tasses. Vous poussez tout. Sauf le chat. Le chat, vous ne le dérangez pas.

Des poèmes de Rainer Maria Rilke. *Les Cahiers de Malte Laurids Brigge*, Primo Levi, Sepulveda. Je ne retiens pas tout. Vous riez.

– Il faut absolument lire ça!

– Pourquoi?

– Pourquoi!

Vous riez encore à cause de tout ce besoin de lire. Cette parole-là, autour, qui vous allume les yeux.

– Les livres! vous dites, les livres!

Vous en cherchez d'autres. Vous mettez tout sur la table. Je prends votre cigarette dans le cendrier et je fume après vous. Geste machinal. Je faisais ça aussi avec les Gitanes de Trevor. Une cigarette pour deux.

Vous prenez la cigarette à votre tour et vous en allumez une autre quand celle-ci est finie.

À quatre heures, un client entre. Un autre. Vous vous levez.

– Il vous faut partir maintenant, non pas parce que j'en ai envie. Mais parce que...

Vous ne finissez pas votre phrase.

Vous m'accompagnez jusqu'à la porte.

– Je vais fermer entre Noël et le Jour de l'an. Après, vous serez encore là ?

Je passe le reste de l'après-midi à suivre des gens dans la rue. Campo San Polo, un curé dans une église, appuyé contre un prie-dieu, la tête collée contre le bois. J'ai envie de lui parler de vous. Du prince et de son amour impossible.

Du reste aussi.

Il faudrait parler de tout le reste.

J'attends qu'il ait fini pour m'approcher.

– Je voudrais apprendre à prier.

– Prier?

– Oui. Me mettre à genoux. J'aimerais savoir faire ça.

– Vous êtes croyante?

– Je ne sais pas.

Il me regarde, interloqué.

– Prier, ça ne s'apprend pas. C'est quelque chose qu'on a en soi.

– Dans le ventre ?

– Dans le ventre, si vous voulez.

– J'ai un ami, un prince, il dit que tout s'apprend.

– Pas la prière. Maintenant, vous pouvez toujours essayer.

Je m'assois sur un banc. J'attends. Dieu ne vient pas. Au bout d'un moment, je change de position. À genoux, sur la barre de bois, comme le curé. Je ne tiens pas longtemps. Je me relève. Droite. Les pieds bien à plat. Une habitude d'enfance pour me sentir en prise sur la terre. Les dalles sont glacées.

Un pigeon vole, affolé, prisonnier sous la coupole. Je le suis des yeux. Un coup d'œil à ma montre. On est le 23 du mois. Mon jour de photomaton. Je sors de l'église et je remonte en direction de la gare. Il fait froid mais il ne pleut plus. Les passants sont rares. Ciel gris. Bas. Je prends les petites ruelles. Je ne me perds plus.

Je trouve un photomaton dans la rue principale. Petite cabine. Rideau gris. Plissé. Je fais dérouler le fauteuil pour être à la bonne hauteur. Je fixe. Vingt ans que je fais ça, le visage, toujours le même. Sans sourire.

Le flash blanc de la lumière.

Tous les 23 du mois.

Je garde une photo sur les quatre. Des quarante par trente, avec derrière le rideau tiré.

Je colle tout dans un cahier, un cent quatre-vingt-douze pages. Grand format. Neuf photos par page avec les dates dessous. Les lieux.

Le cahier ne sera jamais plein. Je n'aurais jamais dû commencer.

Maintenant, arrêter, je ne peux plus.

Parfois, je prends le cahier et je le feuillette. Du début. Jusqu'à la fin. Les pages blanches. Je voudrais pouvoir me photographier le crâne, l'intérieur. Mettre ça aussi. Noir sur blanc.

Mon dedans.

Je glisse la photo dans mon portefeuille. Je jette les autres, les morceaux déchirés dans une poubelle. Je marche. On ne rencontre jamais personne dans les rues. Même en se perdant. Les gens sont seuls. Certains ont des rendez-vous, d'autres n'en ont pas mais ça ne change rien.

À force de marcher, mon genou me fait mal. Je passe à la pharmacie et j'achète une boîte d'aspirines.

J'en prends deux, avec un peu d'eau au comptoir d'un café

24 décembre. L'électricité ne revient toujours pas. Luigi dit que dans le meilleur des cas, il faudra attendre encore trois jours. Il me fait bouillir de l'eau dans une bassine. On porte la bassine à deux et on verse l'eau dans le bac. Je me trempe là-dedans.

Je me sens vieille.

Pas vieille, vieillissante. L'état entre deux, comme entre chien et loup. C'est peut-être la lumière. L'ampoule nue.

La vapeur recouvre le miroir, les carreaux de faïence. Elle coule en gouttes épaisses.

J'ai quarante ans, ça devrait être supportable, ça ne l'est pas. Il faudrait que je me regarde dans le miroir, que je me réhabitue à moi. Quand je croise mes yeux, je ne me reconnais plus.

Seize heures. Les pieds sur le radiateur. Je lis *La Mort à Venise*.

Dix-huit heures. Dans le salon, toutes les bougies sont allumées, sur la table, mais aussi près de la verrière et les deux gros candélabres dans l'entrée. Ça sent la fumée, la cire qui brûle.

Le prince m'attend, la barbe lisse. les cheveux gominés, habillé comme un roi.

Parfumé.

– Vous êtes beau ! je dis.

Il relève la tête.

– C'est ça, prenez-moi pour un idiot !

Ses yeux sont vifs. C'est un bon jour. Il me montre la table, un cadeau dans mon assiette. Un petit paquet enveloppé dans du papier doré.

– Joyeux Noël !

Je n'ai rien pour lui. Pas pensé.

– Ouvrez quand même, il dit en souriant.

C'est un carnet de voyage, une couverture en cuir rouge qui se referme avec deux lanières. Le papier sent bon. Le cuir aussi.

– C'est pour que vous notiez tout ce que vous oubliez. Car vous oubliez beaucoup n'est-ce pas ?

Il lève sa coupe.

– Trinquons !

On boit le champagne, une coupe chacun.

Luigi vient trinquer avec nous et puis il nous apporte des petites brochettes de poissons. Dans une corbeille, des boules de pain avec des graines de sésame piquées dans la croûte. Il pose tout sur la table et il nous souhaite un bon appétit.

On mange.

On boit le vin. Du vin de France. Un sancerre.

Après les brochettes, on mange des bigoli en sauce et on parle de Venise, de toutes les choses qu'il y a à voir, à faire, et d'une vie qui ne suffit pas.

Après les bigoli, je repose ma fourchette.

Je regarde le prince.

– Hier, vous m'avez parlé de Tatiana.

– J'avais bu.

Il fait tourner le vin dans son verre et il le regarde par transparence.

– La couleur, on dirait du soleil. Goûtez-moi ça !

On boit.

Trop.

Le prince mange avec appétit.

– Il faut tellement de forces pour vivre, il dit comme pour s'excuser.

– Vous avez peur ?

– De quoi ? De la mort ?

Avec son couteau, il coupe le pain. Une tranche chacun.

– La mort est une chose curieuse. Elle m'a hanté de longues années et maintenant qu'elle est là, toute proche, elle ne m'intéresse plus. J'ai sans doute trop pensé à elle. Et vous ?

– Moi, j'ai peur qu'elle arrive avant d'avoir eu le temps de tout vivre.

Il me montre le plateau, les fromages.

– Servez-vous. Le sancerre sur le fromage... Vous allez voir !

J'ai la tête qui tourne. Je bois quand même.

Le prince parle, il mélange le français et le russe. Il dit que ça lui arrive de plus en plus souvent, cette langue russe qui revient. Même dans ses rêves.

– C'est étrange n'est-ce pas ? Tous ces mots que je croyais avoir oubliés... Vous permettez que je mette un peu de musique ?

Un vinyle sur un vieux phono à piles que Luigi est allé chercher pour lui dans la cave.

– La musique se marie bien avec le vin.

Luigi nous apporte le dessert, des biscuits avec de la glace. Il a de la colle sur les doigts. Le château fort est au pied du sapin avec d'autres cadeaux et les guirlandes éclairées.

– Votre fille, elle arrive ? je demande.

– La semaine prochaine.

Il montre la table, les assiettes, les biscuits. Il dit qu'il débarrassera plus tard, qu'il n'y a pas à s'en faire, et il retourne s'enfermer dans sa cuisine.

Le prince le suit des yeux.

– Elle ne viendra pas, c'est toutes les années pareil, il attend c'est tout.

On mange toutes les friandises qui sont dans la boîte. Des meringues. Et puis des boules de sucre très douces, enrobées de chocolat. Certaines sont pleines d'une pâte verte qui fait penser à de la pâte d'amande mais qui n'en est pas.

On tire l'échiquier entre les assiettes et on commence une partie. On est incapable de jouer.

– Vous êtes vraiment professeur? je demande.

– Oui.

– Vous avez enseigné?

– Un prince n'enseigne pas. Pourtant j'aurais aimé croyez-moi!

Je déplace mon fou, trois cases plus loin.

– Qu'est-ce qu'on fait quand on est prince?

– Prince et premier du nom? On épouse des héritières. On leur fait des enfants, des garçons si possible pour qu'ils deviennent héritiers à leur tour.

Il soulève sa tour.

– Et de temps en temps, il y a des révolutions et on brûle nos châteaux.

Le prince me regarde.

– H8. Faites attention, vous allez perdre.

Il repose sa tour.

– On vient alors à Venise et on rencontre des demoiselles qui s'en félicitent.

– Je n'ai pas dit ça.

– Si, vous l'avez dit.

Je joue. Mal. Maintenant c'est mon roi qui est en danger.

– On n'y arrivera pas, il dit.

Il repousse l'échiquier.

Il prend le sac qui contenait les confiseries, il le gonfle d'air et il le fait claquer.

Il ramasse tous les papiers et il me montre comment faire une guirlande sans colle ni ciseaux. Juste en pliant. J'ai trop bu pour comprendre. Il continue tout seul. Après, il change de disque. Des chants russes. Il chante avec. Trop fort. Mal.

Quand le disque est fini, il me parle de Saint-Pétersbourg. De l'hiver là-bas, quand la Neva gelait. Il s'anime. Il mélange. Ce qu'il a vécu. Ce qu'on lui a raconté. Le château. Les terres autour, tellement vastes que l'on pouvait galoper des jours sans jamais s'arrêter.

– Je suis un arbre déraciné.

Il se tait. Son visage se ferme. Un instant, ses yeux, comme absents.

– Prince?

Il secoue la tête.

– Prince, pourquoi avoir choisi Venise?

Il passe sa main dans sa barbe, plusieurs fois, et il reprend sa guirlande.

– Le matin, quand je me réveillais, je voyais les chevaux dans le parc. Je n'avais pas besoin de sortir du lit. Par la fenêtre. Mais c'était à Berlin cela, pas à Saint-Pétersbourg.

Je pose ma main sur son bras, doucement.

– Prince…

Un instant, son visage, fatigué. Ses doigts ne bougent plus. Les papiers retombent. Il ferme les yeux. Et ces mots, arrachés.

– Parce que seule Venise me console de ce que je suis vraiment.

– Qui êtes-vous vraiment?

Il sourit.

– Un homme en exil.

Je lui caresse la main. Cette main tellement vieille. Sèche. Posée là sur la guirlande et comme oubliée.

– J'aimerais savoir tout ce que vous savez.

– Ça vous servirait à quoi?

– À me sentir plus forte. Même avec *lui* je n'ai pas de mots.

Il balaye l'air d'un mouvement de bras.

– Vous attachez trop d'importance à cela.

Il continue sa guirlande en utilisant nos serviettes en papier. Des lambeaux qu'il déchire.

– Ma mémoire est tellement encombrée que je ne retrouve plus rien. Vous ne voulez pas m'aider? Mettez votre doigt là. Voilà, merci, vous pouvez lâcher.

Il me regarde par-dessus ses lunettes.

– Croyez-moi, il vous est plus facile de remplir votre cerveau que moi d'écoper le mien.

Il regarde sa guirlande.

– Luigi ne voudra jamais accrocher ça au sapin, n'est-ce pas?

Et puis :

– Nous avons été un peu tristes ce soir. Que diriez-vous de quelques cerises…

Il disparaît dans sa chambre. Quand il revient, il tient un bocal coincé entre les genoux. À l'intérieur, des fruits sombres qui trempent dans du liquide doré.

– Et votre libraire, vous ne m'en parlez pas?

– Il n'y a rien à en dire.

Il essuie la poussière sur le dessus d'un bocal. Il tire sur l'élastique et le bocal s'ouvre.

– Essayez quand même.

– Il est allé à Salamanque.

– Salamanque?

– En Espagne. Il a pris un café sur une place et il a vu des pigeons… Des pigeons ou des cigognes. Sur un toit…

– C'est tout ?

– Oui.

– Ben voyons.

Dit sur ce ton.

Ce *ben voyons* laconique.

– Ça m'a donné envie d'aller là-bas.

On mange les fruits. On boit l'alcool dans les tasses. C'est comme ça qu'on finit par se saouler pour de bon.

À la fin, on est tellement malheureux, on rit.

– Vous êtes bourrée, il me dit.

Je finis par m'endormir à la table.

Quand je me réveille, je suis seule. Les guirlandes pendent aux branches du chandelier.

Le prince est dans sa chambre. Je l'entends crier.

– Joyeux Noël ! Joyeux Noël !

La fenêtre, grande ouverte. Quand il me voit, il me fait signe. Je m'avance. Je distingue vaguement les contours du lit, le divan.

Minuit. Toutes les cloches de Venise se mettent à sonner. Soudain, ça devient magique. D'être là. D'entendre ça.

Le prince ouvre sa main.

– Je vous présente Léon, il dit.

– Léon?

– Tolstoï!

Il me montre, dans le creux de sa paume, un scarabée doré.

Après, j'ai tellement mal à la tête, je ne me souviens plus de rien.

Quand je me lève le lendemain, j'ai encore mal à la tête. Une affreuse barre qui me traverse le crâne. C'est à peine si je peux parler.

Luigi a terminé son trois-mâts, il l'a mis sous le sapin. Avec d'autres cadeaux pliés dans des papiers de couleur.

Quand elle voit ma tête, Carla glisse deux aspirines dans mon café.

– Bois !

Valentino l'embrasse. Ils semblent réconciliés.

De Noël, il reste la solitude des lendemains de fêtes et puis ce temps humide qui s'installe sur Venise. Me donne l'envie de m'enfermer dans un carton.

Dehors, il fait de plus en plus froid. On dit qu'à cause de tout ce froid, des gens meurent dans les rues de Moscou.

Dix heures. Les magasins sont fermés. Je marche dans une ville morte.

Je prends le vaporetto à San Zaccaria, ligne 1, je remonte le Grand Canal et je le redescends. Je fais ça plusieurs fois. Mon forfait est périmé, personne ne me demande rien.

Au Florian. Sous le Chinois ou ailleurs. N'importe où. Le garçon me sert un chocolat dans une tasse en porcelaine. Des biscuits sur un plateau, du sucre de canne. Je bois le chocolat, je glisse les biscuits dans le fond de ma poche.

Je regarde par la fenêtre.

Je ne peux pas rester longtemps à cause du monde dans les salons, des gens qui attendent la place. Comme si tout Venise s'était donné rendez-vous là. Aujourd'hui.

En sortant, j'achète une écharpe au prince. Je la fais plier dans du papier de couleur et je rentre en tenant le paquet contre moi. Il fait nuit. Froid. Je marche vite. Tête basse.

Je trouve un mendiant, assis sous un passage couvert. Le dos au mur. De loin, on dirait un grand sac.

Au-dessus de lui, un portrait de la Vierge protégé par une vitre. Des fleurs en plastique. Il ne tend pas la main, simplement devant lui, à ses pieds, une coupe vide.

– Il ne faut pas rester là, je dis.

À cause de l'humidité qui monte du rio. Du froid des pierres. Je vais lui chercher un café brûlant dans un bistrot sur la place.

– Vous n'avez pas de la famille, quelqu'un chez qui aller?

Il ne répond pas.

Je lui donne les biscuits.

Je lui donne l'écharpe aussi. Je l'aide à ouvrir le paquet, à la nouer autour de son cou.

Il me regarde.

Je ne suis pas sûre qu'il me voit.

Je continue mon chemin.

Pour le prince, je n'ai plus rien. J'achète une mangeoire avec un sac de graines pour nourrir les oiseaux.

Les cadeaux sont toujours sous le sapin. La coupe est vide. Il n'y a plus de bonbons.

Le prince n'est pas dans le salon.

Je rentre dans ma chambre. Mes pieds sont gelés. Je les colle au radiateur. Quand ils sont chauds, je remets mes chaussettes et je me glisse dans le lit. Je dors une heure.

Quand je ressors, le prince est dans le salon. Je lui donne la mangeoire. Les graines.

– C'est pour vous, je dis. Vous pourrez l'accrocher sur votre balcon.

Il tourne plusieurs fois la mangeoire entre ses mains et puis il lève les yeux sur moi.

– Je n'ai pas de balcon simplement une fenêtre et des barreaux.

– Vous auriez préféré une écharpe?

– Une écharpe? Non, la mangeoire c'est très bien.

Il pose la mangeoire sur la table.

Avec la pointe de son couteau, il ouvre le sac, prend une graine, il la croque entre ses dents Mange l'intérieur.

Je fais comme lui. Le tournesol, c'est sec, sans goût. Quand j'y reviens, je trouve ça huilé.

Bientôt, sur la table, il y a tout un tas de graines vides.

– Vos jambes, elles sont vraiment mortes? je demande. C'est pour ça que vous lisez autant?

Après, je lui parle du mendiant, du tableau de la Vierge.

– C'était où?

– Je ne sais plus…

– Dans quelle rue, quel passage?

J'ouvre le plan, je lui montre.

– Venise c'est un labyrinthe, on ne retrouve rien quand on le cherche.

Il continue de manger ses graines. Il sourit.

– C'est vrai, vous oubliez tout.

Le lendemain, je fais tout le chemin à l'envers, du Campo Santi Giovanni e Paolo au Campo Santa Maria Formosa. Je retrouve le passage couvert, la Vierge au mendiant.

L'homme n'est plus là. Il y a son sac et le vieux carton sur lequel il s'assoit.

J'écris dans le carnet, « Vierge au mendiant, passage couvert Campo S. Formosa ».

Je la dessine, quatre coups de crayon. Je dessine aussi le mur, les fleurs. À côté des fleurs, j'écris « 4 fleurs », et entre parenthèses, « elles sont en plastique ».

Je mets une croix sur le plan.

Maintenant, dans mon carnet, il y a des mots et des couleurs.

Semaine entre Noël et le Jour de l'an. Je ne mange plus. Ou alors beaucoup moins.

Carla me l'a dit, tu manges moins.

Tout ce que je vois, je le note dans mon carnet. Le prince me dit, quand votre carnet sera plein, je vous en offrirai un autre.

J'ai trouvé un morceau de mosaïque dans San Marco, un éclat rouge, marbré de vert en profondeur, du vert émeraude.

Le prince me tend la main.

– Vous me le donnez ?

Il l'emporte dans sa chambre, sur l'étagère, avec tout ce que je garde pour lui, mes tickets de vaporetto, les ronds de tasse, les morceaux de bois flotté.

Dans mon carnet, je note aussi les rues, les tables, les vues, Campo San Stefano, Rialto, Zattere.

Jour noir. Pas de vue du tout, un mur.

Je note ce que je mange, bisato à l'étouffée, polenta, risotto aux secoe, sguassetto, tagliolinis au crabe, aux courgettes, gnocchis…

L'après-midi, je dors.

Le soir, on parle.

La nuit, on joue.

Je ne vous revois pas de toute cette semaine-là. Je ne sais pas si vous me manquez. Parfois, je pense à vous. Vous m'avez dit on ira à San Marco un soir, une nuit, je vous ferai visiter.

J'y vais toute seule. Je cherche le passage secret. Je ne le trouve pas. Je retourne au Harry's Bar.

Vendredi. Dix heures. Je traverse la place. La boutique est toujours fermée. Je vois de la lumière au-dessus. Éclairée.

Je vous écris ce soir-là. Une lettre que vous ne recevrez pas. Que je ne me souviens pas avoir brûlée. Ou déchirée.

Que je ne me souviens même pas vous avoir envoyée.

Je ne me souviens plus des mots, simplement d'avoir été avec vous tout ce temps.

Au réveil, j'ai encore de l'encre sous les doigts.

Carla me dit :

– Tu as de l'encre sur les lèvres aussi.

Je passe la langue.

Elle sourit.

– Avec Valentino, on s'est inscrits pour un réveillon déguisé, tu veux venir avec nous? C'est dans un palais sur le Grand Canal.

– Le prince va être seul.

– Il était seul avant toi.

– Je me suis habituée à lui. J'aime sa compagnie.

– Tu ne peux pas vivre comme ça.

– Vivre comment ?

Carla se tait un instant et puis :

– Je ne sais pas. On dirait que tu n'es pas dans la vraie vie.

31 décembre. La fille de Luigi ne vient toujours pas. Les cadeaux commencent à faire triste sous le sapin.

Pour le réveillon, Carla a loué une magnifique robe avec un masque, une sorte de loup à plume qui dissimule tout le haut de son visage. Valentino porte une grande cape avec un tricorne noir.

Du haut de la verrière, je les regarde sortir, traverser le jardin.

Image insolite. D'un autre temps.

Ils ont l'air heureux.

Et pourtant Carla va partir, elle va retourner à Rome. Elle va faire plus que ça, elle va quitter Valentino.

Luigi a préparé un plat de pâtes fraîches avec de la sauce à la roquette et aux crevettes, du filet de dorade, de la polenta blanche et des bruscandoli.

Des crêpes à la confiture en dessert.

J'attends le prince. Un quart d'heure. Une demi-heure. Je frappe à sa porte et j'entrebâille doucement.

– Prince…

Il est là, dans son fauteuil, tout le haut de son corps replié sur sa fiole de vodka.

Au bruit, il redresse la tête. La tête seulement. Le regard est torve, vacillant.

– Pas de morale, gamine.

La tête retombe.

Je referme la porte.

Je mange seule. Sans faim.

Même boire je ne peux pas. J'écrase la polenta. J'avale. Je me force.

Après le repas, je sors. Je croise des gens. Des couples. Des hommes seuls avec de grands bouquets. Des femmes. Les cuisses des femmes sous les manteaux. Les robes fendues.

Il fait nuit. Les vaporetto sont rares. Je prends le premier qui passe. Je me donne l'impression d'aller quelque part, d'être attendue.

Une gondole suit, noire sur l'eau encore plus noire de la lagune. À son bord, trois personnages en costumes. Un homme. Deux femmes. Ils accostent aux marches d'un palais dans la courbe juste après San Tomà. Tout l'étage est éclairé, comme d'autres, autour, plus loin. Sur le balcon, des musiciens. Violons. Violoncelles. La musique recouvre tous les bruits, celui du vaporetto, celui des pétards, des cris.

Les rues se vident. Quelques passants attardés. Des âmes solitaires. On aurait dû se donner rendez-vous. Se dire ça, vous et moi. Le 31 décembre à minuit. Pour qu'il existe quelque chose.

Qu'il y ait ce moment-là.

Je regarde l'eau. J'approche ma main. Elle est froide. Je lèche l'intérieur. Il y a tout eu ici, le choléra, la malaria, les premières putes et les plus beaux bouges.

Un homme disparaît sous une porte cochère. Un autre descend d'un pont, rejoint une fille qui l'attend près d'un lampadaire.

Je m'assois sur les marches. La nuit est belle. Froide. Piquée d'étoiles. Je ferme les yeux.

Je n'attends rien.

J'ai envie d'être enlevée. Trevor me l'a dit la première fois, *je vous enlève*, avec sa voix de fumeur. Éraillée.

Personne ne m'enlève. On me regarde parce que je suis seule. Que je traîne.

On ne rencontre jamais personne dans les rues. C'est encore pire un soir de Nouvel An.

Luigi a laissé la petite lampe du salon éclairée. Le plancher craque. Un rai de lumière filtre sous la porte du prince. Je baisse le loquet. Je pousse un peu la porte. Le prince dort.

Dans la lumière, je vois son visage. Les photos au-dessus de son lit. Je m'approche. Derrière celle de la jeune fille à la toque, je lis : « Tatiana Dubrovna, Berlin, 1935. »

J'enlève mes chaussures. Je m'étends sur le lit. Roulée en boule, le visage enfoui dans l'oreiller.

Le prince se détourne, il ne se réveille pas.

Premier janvier. Carla ne s'est pas couchée. Elle a encore du rimmel sous les yeux, des traces de traînées grises.

– Passe-moi ton bol.

Elle prépare mes tartines.

– Orange, abricot?

Manger ne lui fait plus envie mais elle dit qu'elle aime bien regarder manger les autres.

Que ça ne la dégoûte pas.

Ses rapports à la nourriture sont devenus très compliqués. Elle a une balance sous son lit. Tous les matins, elle se pèse. Elle note son poids sur une feuille. Il varie peu.

Parfois, elle a faim. Elle ne mange pas. Elle le dit, c'est comme une guerre en moi.

– Quand j'ai trop faim, je m'assois et j'attends que la faim se calme.

– Moi, même quand je n'ai pas faim, je mange.

– Et tu peux avaler ?

– Je peux.

Elle dit qu'elle veut partir. Quitter cette ville. Qu'elle a besoin de voitures, de cinémas. Besoin de bruits.

Je la regarde.

– J'ai dormi dans la chambre du prince cette nuit.

– Je sais.

– Comment ça tu sais ?

– Je vous ai vus. Quand je suis rentrée, je t'ai cherchée.

Je mords dans ma tartine.

– C'était bien ta soirée ?

– Très bien. On a ri, on a dansé. Tout le monde était déguisé. Dans les salons, c'était très beau. Même Valentino était heureux.

3 janvier sur Fondamenta Nuove. La mer cogne. Au-dessus de la ville, le ciel, blanc. Pesant de neige.

Les ombres noires des pieux dans l'eau. La lumière des lampadaires.

Le silence.

D'heure en heure, le brouillard tombe. La couche s'épaissit. L'eau de la lagune devient laiteuse. À midi, les bateaux ne peuvent plus circuler. Ils restent à quai.

La neige met deux jours pour arriver. Tout le monde l'attend. Moi avec eux, sur les pontons de bois en face de la Salute. Impossible d'aller ailleurs. De faire autre chose.

Je suis le long des quais quand les premiers flocons commencent à tomber. Un et puis un autre. Ils fondent et très vite, ils s'accrochent, recouvrent le sol, les bâches bleues des gondoles, les toits de San Marco.

Ils recouvrent le dôme d'or tout en haut de la Salute.

Je marche.

Quand je me retourne, je vois mes traces.

J'ouvre la bouche, j'attrape les flocons avec les dents. Les lèvres. Je les avale.

La neige tombe en flocons serrés. Sur les façades. Elle colle, efface toutes les autres couleurs, les noie en une seule.

Couleur imprécise.

Rose, blanc. Couleur de murs. Couleur pâle, à peine frémissante quand elle touche les eaux de la lagune.

La neige.

Dans le silence, les flocons se frottent. Leur bruit. Quand ils se touchent et puis quand ils touchent le sol.

Comme un murmure. Une messe basse qui recouvre toute la ville. Qui s'en élève.

Sur la place, il n'y a plus de pigeons. Plus de touristes. Seuls les tables en terrasse, le plastique jaune des fauteuils. Tout est recouvert.

Les grands chevaux de bronze.

Les lions. Le dôme. Où que je regarde.

La neige.

Des visages aux fenêtres du Quadri. Des silhouettes sur le pas des boutiques. À l'étage du musée.

Partout, des yeux redevenus des yeux d'enfants. Doigts écartés. Contre les vitres.

Je n'ai jamais voulu que l'on m'explique la neige. Jamais voulu écouter, comprendre.

La neige ne s'explique pas.

Je monte à la cime du Campanile.

Un homme près de moi dit, on ne reverra jamais ça. Jamais.

Il a raison.

Probablement.

Début de l'après-midi. La place vide. La Parrocchia San Canciano, le Centre de santé mentale tout près de chez vous. Quelques ombres errantes.

Il y a des chaises dans le jardin.

De la neige sur les tables et sur les bras des statues.

Un jeune garçon, dans la cour. En pull. Un bonnet enfoncé bas sur les yeux. Il fait le tour d'un arbre. Dans sa main, une petite ficelle. Il mesure le contour du tronc. Il fait ça soigneusement. Méticuleusement. Et quand il a fini, il recommence.

De temps en temps, il s'arrête et il regarde le ciel.

Le jardin est recouvert. Recouvert aussi le bassin à poissons. Je laisse mes doigts glisser dans la neige. Faire un tas. Une boule. Quand la boule est ronde, je la presse entre mes mains et je remonte en courant. Quatre à quatre les escaliers. Je pousse la porte. Dans le miroir de l'entrée, je vois mon visage, les joues rouges, brûlantes.

Le grand salon est vide. Pas de bruit. Je le traverse.

– Prince ?

Je frappe et j'ouvre la porte de sa chambre. Il est là, toutes lumières éteintes, immobile devant la fenêtre grande ouverte. Les flocons entrent, poussés par le vent. Ils mouillent le plancher. Les rideaux. Tout le devant de son gilet.

– Vous êtes fou !

Je referme la fenêtre. Je pousse le fauteuil au plus près du radiateur.

– Chez moi, c'était comme ça, la même odeur. L'hiver, on allait patiner sur le lac.

– C'est une raison pour attraper la mort ?

J'ouvre son armoire, en sors un pull épais.

Je reviens vers lui, le pull à la main. Il continue à fixer la fenêtre, le ciel au-dessus des toits.

– Dans une odeur, quand on peut retrouver une part de son enfance   Cela n'a pas de prix.

Il me sourit.

– Même la mort.

Je le regarde. D'un coup, ma colère tombe.

– Allez, changez-vous...

Il hoche la tête.

– Qu'est-ce que c'est ça ?

Il montre sur le plancher la boule de neige qui a fondu.

– Je voulais vous la faire toucher. Je ne pensais pas... De toute façon, ça n'a plus d'importance.

Je l'aide à enlever sa veste. À enfiler son pull. Je mets sa veste à sécher près du radiateur et j'essuie le plancher avec un chiffon. La trace reste, plus sombre. Imprégnée dans le bois.

Le prince appuie sur l'interrupteur.

– Vous avez vu, l'électricité est revenue! On va pouvoir écouter de la musique. La Callas, on s'était promis, vous vous rappelez?

Il tire deux petits verres de son placard, sort la fiole.

– On a mérité un petit remontant. Tenez!

Je m'assois sur le lit.

J'avale. C'est comme un grand coup de fouet dans les reins. Une brûlure intense.

Le prince sourit.

– Le premier verre, c'est pour la chaleur. Le deuxième, pour le plaisir.

Il remplit mon verre, le sien, pour la seconde fois.

– Carla se demande pourquoi je passe tout ce temps avec vous. Elle dit que vous êtes un vieux vicieux. Que vous la regardez quand elle danse.

– Carla est une petite insolente… mais elle est belle. Qu'est-ce qu'elle dit encore?

– Que vous avez été au-dessous de tout dans votre histoire avec Tatiana.

– Mmm… C'est bien qu'on ait la lumière, Luigi va pouvoir nous remettre la guirlande sur le sapin. Vous aimez ça n'est-ce pas, quand les petites lumières clignotent.

On reste un long moment silencieux et puis le prince se penche, me touche doucement la main.

– J'aime votre compagnie. Par votre présence, vous me gardez dans l'attente. Dans l'envie.

Dans la chambre, il fait presque nuit.

– Vous devriez bénir votre silence. Cette capacité que vous avez à ne rien dire.

– Mais quand je suis avec lui…

– Vous attendez trop de lui.

Il sort la pipe de sa poche, avec une allumette, il enflamme le tabac.

– Il ne faut pas attendre. Laissez-vous traverser.

Neuf heures le lendemain. Luigi revient avec le pain, les croissants. Il pose la cafetière sur la table.

Carla est encore au lit, avec Valentino. Je commence à déjeuner sans elle. Quand elle sort de la chambre, elle a les cheveux ébouriffés, la peau comme brûlée du dedans.

On parle de nous. Du prince. De l'amour.

– Tu as des enfants toi ? elle me demande.

– Non.

– Tu n'en as jamais eu envie ?

– Non.

– Peut-être que tu n'as pas rencontré la personne..

– Peut-être.

Elle coupe les miettes de pain avec la pointe de son couteau.

Rien n'est simple.

C'est elle qui dit ça et je fais oui avec la tête.

Elle continue de couper ses miettes. Les plus petites, elle les écrase. À la fin, sur la table, c'est comme de la poussière. Elle souffle dessus et ça s'envole.

– Valentino m'a demandé de l'épouser.

Elle avale une gorgée de lait, garde la tasse devant elle, à hauteur de visage.

Elle lève sur moi ses grands yeux.

– Tu penses quoi ?

Je suis une solitaire. De la pire espèce. Celle des taupes. Une inadaptée. J'ai besoin de ma tanière, mon trou de terre.

Je reprends du café, une tasse pleine. Je la porte à mes lèvres. Je pense à vous. Le mariage n'a rien à voir avec l'amour. L'amour est ailleurs. Brutal. Insensé. Hors de toute logique.

Je la regarde. Elle est trop jeune.

Absurdement trop jeune.

Je repose ma tasse.

Carla attend.

Je ne sais pas ce qu'elle attend. Quels mots. Quelles paroles.

– Épouse-le, si tu crois que c'est la solution.

C'est tout ce que je peux tirer de moi.

Elle relève le front. En brave.

– Je l'aime…

– Dans ce cas…

Je réponds sèchement. Peut-être un peu trop.

– Et toi, Trevor, tu l'aimais?

– Ne parle pas de Trevor.

– Tu l'aurais épousé s'il te l'avait demandé?

Embarcadère de l'Ospedale. Je prends le bateau de onze heures en direction de l'île de Torcello. Le bateau longe les murs rouges du cimetière. Stravinski est enterré ici. Le danseur Diaghilev aussi. Carla dit qu'un inconnu a déposé un chausson de danse sur sa tombe. Que ce chausson est là depuis longtemps et qu'il reste sans que personne ne l'enlève.

Le bateau continue. Entre les îles. Droit sur le large.

Murano, le phare.

Burano, les maisons de couleur, bleues, vertes, jaunes.

Torcello, vous m'en avez parlé. Une île de marécages isolée sous la neige, un lieu de terre abandonné. Quelques maisons, des barques prises dans les roseaux. Combien de personnes vivent encore là ? On est trois seulement à descendre du bateau. L'île, pour un seul chemin. Pas même un chemin, seulement un sentier qui part de l'embarcadère et rejoint, en longeant le canal, plus loin, les rares maisons.

Sur la droite, le pont du Diable. Des gouttes d'eau glacée pendent aux feuilles des roseaux.

La terre est gelée, les champs alentour.

Tout au bout, l'église, comme une forteresse campée là, en plein vent. Les deux personnes qui étaient avec moi sur le bateau ont disparu. L'île est plongée dans un état d'isolement, de silence.

Un état de force.

L'église est fermée. Dans la neige, l'empreinte à peine marquée, les pattes d'un chat. Un jardin avec des statues. Un carré de vignes.

Je reste là.

Je me remplis.

Le temps passe. Le froid devient mordant. Je reprends le sentier.

Je rentre avec le bateau du soir. Derrière moi, l'île s'efface, les maisons, les roseaux.

Depuis quelques jours, le prince est moins précis dans ses horaires. Quand j'arrive en retard, il ne dit plus rien. Il a reçu deux disques, deux versions différentes du *Messie* de Händel. Il les écoute en boucle.

Même Luigi a changé. Ce matin, il a dit que pour les patins, on n'était plus obligés.

Qu'on pouvait les laisser dans le carton.

Même lui il ne met plus les siens mais il a gardé l'habitude, il marche en glissé.

Le prince est dans le salon. Plongé dans des revues de livres anciens.

– De la terre de Torcello, je dis en ouvrant la boîte. Il pose sa revue, prend la boîte, respire la terre.

– Elle sent bon, il dit.

Je lui parle de l'île, du silence qui règne là-bas. De votre désir d'être enterré sur cette île.

Il écrase la terre entre ses doigts. Il me montre la cuisine.

– Il est bizarre en ce moment, vous ne trouvez pas ?

– On est tous bizarres, c'est Venise qui fait ça.

Après dîner, on se retrouve devant l'échiquier. Luigi nous apporte un Thermos. Du café brûlant. Deux tasses sur un plateau. Il pose tout sur la table et il va se coucher.

On joue, une partie commencée la veille. Le prince est dans une mauvaise position.

Il regarde ses pièces.

Il joue sa tour, un déplacement de repli. Il va perdre. Il le sent et il se protège.

Minuit. On est toujours là dans ce curieux face à face. Je me sens la tête vide. Le prince a l'habitude des nuits sans sommeil. Pas moi.

– Votre libraire, vous l'aimez n'est-ce pas ?...

Il secoue la tête.

– Pardonnez-moi, je suis un vieil imbécile...

Il allume sa pipe et il se recule pour fumer dans son fauteuil.

– J'ai connu ce sentiment il y a longtemps.

Je joue.

– B4. Vous êtes en danger.

Il avance la main. Tout le haut du corps penché sur les pièces. Le coup suivant, il perd sa tour.

On reste un long moment à se regarder.

Le Thermos est vide.

Le prince sourit.

– Vous devriez prendre un amant. Vous êtes trop jeune pour passer vos nuits avec un vieillard.

– Vous n'êtes pas un vieillard.

Je déplace mon fou.

– Échec!

Il observe la disposition des pièces. Longuement. Tous les déplacements possibles.

– Vous voyez quand vous voulez...

Et il couche son roi sur le plateau.

Ça arrive aussi dans la vie quand les châteaux brûlent.

– Votre roi a été un bon roi, il s'est bien comporté.

– Vous avez raison... Vous croyez qu'il reste du pain dans la cuisine?

– Du pain?

– Avec du fromage. J'ai faim, pas vous?

Il est plus de minuit. On mange sans assiette, simplement le journal ouvert sur un coin de table.

Il regarde du côté de la fenêtre.

– Cette neige qui tombe me fait penser à mes hivers à Berlin.

– Il neigeait beaucoup là-bas?

– Oui. Je me souviens d'un vieil homme qui logeait dans le pavillon. C'était un homme à tout faire. Parfois, mon père le payait pour qu'il vienne chanter des chants russes à la maison. L'hiver, c'est lui qui déblayait la neige autour des paddocks. Quand il ne neigeait pas, mon père ne le payait pas alors il attendait à côté des boxes avec sa pelle. Une année, la neige a tardé. Il a eu faim. Un jour, j'étais sur l'arrière de la cour, il m'a volé mon goûter. Je me souviens de son regard quand il a fait ça, qu'il a arraché le pain de mes doigts. Après, il est rentré chez lui et il a voulu se pendre. Il est monté au grenier, il a mis la corde autour de son cou et par la lucarne, il a vu les premiers flocons tomber.

Le prince me regarde.

– Chez nous, les Russes, la neige ce n'est pas seulement de la beauté sur un paysage. C'est lié à notre vie.

Dans la pension, il n'y a aucun bruit. Luigi dort. Carla et Valentino sont rentrés depuis longtemps. Ils ont tiré la télé dans leur chambre et ils se sont endormis avec le son.

Le prince se tourne vers moi.

– Qu'est-ce que vous faites quand vous êtes dehors ?

– Parfois, dans les cafés, je regarde les gens, ils parlent. Je me demande ce qu'ils peuvent se dire pour se parler ainsi.

Il laisse sa tête aller contre le dossier de son fauteuil. Ferme un instant les yeux.

– Vous devriez aller vous coucher, je dis.

– C'est de la fatigue. Mais je n'arrive plus à dormir.

Depuis quelques jours, il accepte que je pousse son fauteuil.

– J'aurais dû vous rencontrer avant.

Il me prend la main. La serre entre ses doigts brûlants.

– Avant, ç'aurait été trop tôt.

– Je crois que j'aurais aimé avoir un père comme vous.

Le prince me regarde, bouleversé.

– Vous ne pouvez pas dire cela.

Il passe la main sur son visage.

– Ce que vous dites est trop douloureux.

Il s'approche de moi, au plus près.

– Lodja m'a donné trois fils, tous des princes de sang. Je ne les vois jamais.

Il parle lentement.

– L'un est encore à Berlin, il a fait fortune avec une entreprise de sanitaires dans l'après-guerre. Le plus jeune est musicien, pianiste comme ma mère. Ils ont des enfants que je ne connais pas.

Il baisse la tête, regarde ses mains.

– Je ne suis pas sûr de les avoir aimés comme j'aurais dû.

Il pose ses mains l'une à côté de l'autre sur ses jambes mortes.

– Vous vous souvenez de ce lac, je vous en ai parlé... L'été, avec Tatiana, on plongeait. On allait voir les maisons sous l'eau. Les chemins, la petite église. On essayait de faire bouger les cloches en poussant dessus avec nos mains. C'était impossible. On restait le plus longtemps possible. On aurait pu mourir de faire ça. On le savait. Quand on remontait, on était à bout de souffle. On se couchait dans l'herbe. Il nous fallait de longues minutes avant de pouvoir de nouveau parler... J'ai plongé quelque temps après, j'étais déjà sans elle. J'ai voulu faire sonner les cloches. J'ai appuyé mes mains comme je faisais quand j'étais avec elle et j'ai poussé. J'ai poussé et la cloche a bougé. La poutre était pourrie. Elle a lâché. Le coup m'a brisé les reins. C'est comme ça que mes jambes sont mortes. C'est un pêcheur qui m'a sauvé.

Il lève les yeux sur moi.

– Je vous ai menti. Je suis retourné en Russie. Il y a quinze ans de cela. J'ai fait le voyage. Je voulais revoir Tatiana. Lodja le savait. Je ne lui ai jamais rien caché. Je suis arrivé à Saint-Pétersbourg au petit matin. J'ai retrouvé le quartier où ils avaient vécu, des maisons toutes les mêmes, en bord de route, avec un terrain vague derrière et une grande usine de produits chimiques. Le cimetière attenant. C'était aussi un terrain de jeux pour les enfants. J'ai trouvé leur maison. Ma Niania était morte, son mari aussi. J'ai donné de l'argent à un voisin pour qu'il me parle d'eux. Je lui en ai donné aussi pour qu'il aille fleurir leur tombe de temps en temps. C'était un homme très vieux mais il se souvenait. Il m'a dit tout ce qu'il savait. Une vie de travail. De fatigue. Pas grand-chose. De Tatiana, il ne savait rien. Elle était partie c'est tout. Bien avant la mort de ses parents. Elle revenait les voir. Seule. Chaque dimanche. Après leur mort, elle n'est plus jamais revenue.

Le prince se tait. Il a du mal à respirer. À son regard, je comprends que cet amour qu'il a éprouvé pour Tatiana n'est pas mort. Qu'il est son histoire, la seule, et que cette histoire a traversé sa vie de part en part.

Qu'elle l'a traversé et amené là, dans Venise.

Je pense à Trevor et à tous les hommes que j'ai aimés.

Je pense à vous.

À cet amour que sans doute vous ne comprenez pas. Qui vous laisse étrange. Soucieux.

Je fais le tour de la table, je m'approche du prince. Je me baisse. Au plus près de lui. Ma tête sur ses genoux. Posée.

– Vous savez où est Tatiana n'est-ce pas?

Je le sens frémir.

Longtemps après, sa voix.

– Je l'ai cherchée, des années durant. Maintenant, je n'ai plus la force.

Sa voix hachée, comme brisée.

– Et si je ne voulais plus?

Il ferme les yeux.

– J'ai peur de ne plus vouloir.

Je me redresse. Je prends son visage entre mes mains et je le regarde. Dans les yeux. Au plus près de son amour.

– Dites-moi où est Tatiana?

Il secoue la tête. Et de sa bouche sèche, sortent les mots que j'attendais.

– Elle est ici… Dans un couvent

Le lendemain, quand j'arrive devant chez vous, je vois la lumière, le rideau tiré, le pantin.

Et le chat derrière. Quand j'ouvre la porte, votre sourire. Vos bras chargés de livres.

– Je vous attendais.

On s'assoit à la table et je vous raconte tout de cette longue semaine. Tout aussi sur le prince et Tatiana.

– Je crois que je vais retrouver Tatiana.

– La retrouver…

– Oui! J'ai une photo et son nom. Une religieuse russe, ici, ça doit se remarquer. Vous savez s'il y a des couvents à Venise?

– Des couvents? Oui, bien sûr il y en a…

Vous tirez un livre d'un rayon. Vous l'ouvrez.

– On doit pouvoir trouver une liste là-dedans. Voilà.

Vous dictez et je note tout dans mon carnet. Après on inverse. C'est vous qui prenez le stylo.

Institut Artigianelli, le long des Zattere. Dorsoduro.

La Casa Carbulotto, Santa Croce 316.

L'institut Ciliota, San Marco 2976.

San Giuseppe Castello 5402.

La Casa Murialdo Cannareggio 3512.

La Domus Civica San Polo 3082.

L'Institut Solesin Dorsoduro.

Suore Mantellate Castello (10 Calle Buccari Castello).

Il y en a d'autres.

Sur les îles aussi.

Quand on a fini, vous regardez la liste.

– Vous allez commencer par quoi ?

– Je ne sais pas…

On prend le plan et on coche les endroits. Quand on n'a pas les adresses exactes, on coche approximatif. À la fin, ça fait un parcours qui recouvre toute la ville.

Vous me regardez par-dessus vos lunettes.

– Vous allez vraiment faire ça ?

– Oui… Pourquoi ?

– Je ne sais pas…

Vous restez un moment silencieux, pensif.

– C'est leur vie… et puis ils ne se sont pas vus depuis si longtemps.

– Vous, vous ne le feriez pas ?

– Non. Mais vous viendrez me raconter n'est-ce pas ?

Midi devant le refuge de Francesco della Vigna. Une religieuse déblaie la neige. Elle fait ça à la pelle, les manches relevées. Une lourde croix pend autour de son cou. À chacun de ses mouvements, la croix vient buter contre son ventre.

Derrière elle, scotchée contre le mur, une affiche : *Cosa hai fatto del tuo battesimo ?*

Quand elle me voit, elle se redresse, s'essuie le front, un grand revers de manche. Je me présente et je lui explique que je suis de la famille de Tatiana, une lointaine parente de France. Je lui montre la photo avec derrière le nom écrit.

– Tatiana Dubrovna…

Elle fait non avec la tête. Je raye le refuge sur ma liste et je poursuis en suivant l'ordre du plan. Partout la même réponse. Personne ne connaît Tatiana.

À cinq heures, la nuit tombe. Les couvents ferment. Je décide de rentrer. En passant devant chez vous, je m'arrête. Je regarde par la fenêtre. Il y a du monde. J'entre quand même. On se parle, quelques secondes à la porte.

Vous jetez un coup d'œil à la liste. Au plan. Et puis à moi.

– Ça va ?

– Ça va.

– Repassez demain, il y aura moins de monde.

57 kg ce matin sur la balance de Carla. Valentino est parti faire son footing. Carla dit qu'il ne rentrera pas avant midi. Luigi a ramené une grosse bûche glacée pour ce soir. C'est pour sa fille, elle arrive dans la journée. Partout dans la pension ça sent la viande, l'oignon et la farce écrasée.

Avec Carla, on traîne un moment autour du café. Après, on passe dans le salon. Carla enfile ses chaussures et elle commence ses étirements.

Quand le téléphone sonne, il est déjà dix heures. Luigi répond. Par la vitre, on le voit, son visage, sa main qu'il essuie sur le devant de son tablier. On l'entend parler, un peu, pas longtemps. Après, il raccroche. Il n'y a plus de bruits dans la cuisine. Plus de mouvements. Plus rien.

Carla hausse les épaules :

– C'est sa fille, elle veut lui faire vendre la pension. Qu'il aille vivre à Turin. Lui, il ne veut pas.

– Comment tu sais ça ?

– Je le sais. Luigi n'est jamais allé sur le continent. Même de l'autre côté du Grand Canal il n'y va pas. Il est d'ici, du Castello. Il ne pourra pas partir.

Elle saute d'un pied sur l'autre, se baisse et rebondit. Elle fait ça plusieurs fois. Des gouttes de sueur perlent à son front. Elle s'essuie le visage avec la serviette et elle enlève ses chaussons, les jette dans la boîte.

– Assez pour aujourd'hui.

Elle s'assoit par terre et du pouce elle masse la plante de ses pieds.

– Je vais épouser Valentino.

Elle dit ça vite, sans me regarder.

– Je vais faire ça, c'est mieux, et puis je vais me faire couper les cheveux, ils sont trop longs.

Le silence entre nous, soudain.

Elle continue de masser.

Je regarde par la fenêtre, la beauté de ce petit matin, la lumière. Dehors, la neige s'est remise à tomber.

Carla se lève.

– Et puis on ne vit pas de la danse. Tu sais ce que ça gagne une danseuse ?

Elle ramasse ses affaires et elle retourne dans sa chambre.

Je reviens dans le grand salon. La lumière pâle du matin entre par la verrière, répand des tâches de couleur sur les lattes du plancher. Les cadeaux ne sont plus sous le sapin. Je m'assois sur le banc.

Le silence.

Un instant, ici, le temps. Immobile.

Le soir, avec le prince, on a de la bûche glacée. On en a tant qu'on en veut parce qu'elle est grosse et qu'on est seulement deux à en manger.

Onze heures sonnent quand j'arrive devant la communauté de la Betania. La religieuse m'écoute en hochant la tête, elle regarde la photo, le nom, *un momento*, et elle disparaît en me laissant sur le devant de la porte.

Quand elle revient, elle me dit qu'elle est désolée, que personne ne la connaît. Elle regarde encore la photo. Le visage ne lui est pas inconnu. Enfin il lui semble. Qu'elle est quand même sûre de cela.

– Une sœur russe…

Mais qu'elle ne se souvient plus.

Elle dit qu'elle regrette et elle me rend la photo.

Je bois un café Campo San Polo, un autre San Tomà.

En milieu d'après-midi, je n'ai plus d'adresses sur ma liste.

Je passe à la librairie. Vous m'attendez. C'est ce que vous me dites dès que j'entre.

– Je vous attendais.

Le chat s'étire sur la chaise. Ses yeux, on dirait de l'or. Je passe un doigt entre ses oreilles, là où les poils courts dessinent un curieux losange.

Je vous montre la liste, tous les noms rayés.

– Personne ne connaît Tatiana. La photo est trop vieille. Le prince s'est peut-être trompé ou alors elle est morte, c'est possible aussi.

Vous cherchez un papier sur le bureau, un Post-it jaune avec des adresses dessus.

– J'ai travaillé pour vous.

Vous me montrez le papier.

– J'ai vu le curé de San Rocco, je lui ai parlé de votre histoire. Il m'a donné le nom de trois autres couvents. Celui-là surtout, c'est un couvent de bénédictines, dans le Castello, les religieuses qui vivent là ne sont pas des recluses, on peut les croiser dans le quartier en dehors des offices. Il y en aura peut-être une qui pourra vous aider.

On ouvre le plan. On cherche. Quand on trouve, on coche.

Je regarde ma montre

– Je passerai vous dire demain.

– Demain, c'est l'Épiphanie, je ferme.

– Après-demain alors.

Ce soir, pour la première fois, le prince prend ses cachets devant moi. Des petites gélules bleu et blanc qu'il avale avec un peu d'eau.

Après le dîner, il me parle de la mort. Il dit qu'il s'est préparé à cette idée. Qu'un jour, il se couchera et que ce sera ainsi.

Qu'il est seulement triste à l'idée de ne plus voir certaines choses. De ne plus entendre la musique aussi.

Il dit qu'il a peur de l'ennui. Que l'ennui le guette et rend vaine toute chose.

Il se force à sourire.

– Déjà, je ne comprends plus le désir. Ce que vous ressentez, je l'ai oublié.

Il ouvre la main, me montre Tolstoï.

– Qui s'occupera de lui ? Il faudra le mettre dans le jardin mais dans le jardin, il aura peur. Il n'est pas habitué.

Il referme la main.

– Vous savez maintenant, j'ai des oiseaux qui viennent manger à ma fenêtre, un merle et des moineaux. Ils sont là le matin, dès que je tire le rideau.

Il ne parle plus de Tatiana. Il sait que je la cherche. Même jouer aux échecs il ne veut plus.

Parfois il dort et je le veille.

Au plus fort de sa fatigue, il mélange les histoires.

– Cette lumière qu'il y avait sur Saint-Pétersbourg quand la Neva était gelée. Du haras, on dominait la ville.

– Mais le haras, ce n'était pas à Saint-Pétersbourg.

– Vous avez raison… Je dois confondre. Le haras, c'était à Berlin.

Il sourit, l'air gêné.

– J'aurais dû prendre le train suivant. Vous comprenez, ce jour-là, je l'aurai retrouvée…

Il revient sur son histoire, il la reprend.

– Mes enfants, je ne les ai pas aimés suffisamment. Il faut se soumettre à cela.

Fragile aveu. Il se prend la tête dans les mains.

– Tellement de choses encombrent ma mémoire. Et vous qui voulez tout apprendre…

On parle. Ça dure jusque tard dans la nuit.

Parfois sa tête bascule contre le dossier du fauteuil. Quand il se réveille, il me trouve près de lui.

– Il faut que les gens meurent pour comprendre à quel point on les aime. Il faut cela. On cesse alors d'attendre d'eux et les choses deviennent plus faciles.

Et puis, après un long moment, il me prend la main.

– On attend trop des vivants vous ne croyez pas? Je vais peut-être écrire à mes enfants. Ou leur téléphoner… J'ai un frère vous savez, un frère cadet, il a immigré en Amérique. Il m'a souvent invité, je n'ai jamais voulu franchir l'Océan. Vous le feriez vous, franchir l'Océan? Bien sûr vous le feriez… On pourrait le faire ensemble. Aller à Saint-Pétersbourg aussi. Vous vous rendez compte, revoir la Neva et le palais d'Hiver! La lumière! Vous feriez ça avec moi? Nous pourrions reprendre la route, retrouver l'endroit en Pologne, ce bord de chemin où Tatiana est née. Avec vous, ce doit être possible, aller à Saint-Pétersbourg et retrouver le chemin?

Il me regarde, sérieux soudain.

– On peut le faire n'est-ce pas?

– On peut.

– Alors il faut fêter cela! Allez voir Luigi et dites-lui qu'il ouvre une bouteille de champagne.

– Il est deux heures du matin…

– Et alors?

– Mais prince… Luigi dort.

Le prince me regarde, étonné, comme si la chose était inconcevable.

– Eh bien, il n'y a qu'à le réveiller.

Une simple étiquette collée sur la sonnette :
Suore Domenicane. Tout ce que le Castello
compte de malheureux se retrouve ici, c'est
devenu une habitude. Dès les gros froids, ils
viennent attendre dans la ruelle, les religieuses
leur donnent de la soupe, du pain, du café
chaud.

Je m'avance. Un haut mur de briques rouges
entoure le couvent. Impossible de voir ce qu'il y
a de l'autre côté.

Je longe le mur, plusieurs fois, une ruelle
étroite entre de hauts bâtiments. Je reviens vers
la porte.

Je sonne.

Un interphone.

J'explique, quelques mots et la porte s'ouvre
Derrière, une minuscule pièce avec sur la droite,
un guichet protégé par une vitre.

Derrière la vitre, une religieuse tricote

Elle m'écoute sans rien dire. Jette un coup
d'œil sur la photo. Visiblement je l'ennuie.

Elle décroche son téléphone et elle me montre
le siège derrière moi.

J'attends. Des hirondelles de papier sont collées contre le mur. Le mur est blanc. Les hirondelles en couleurs. Une religieuse sort, une autre.
Personne ne fait attention à moi.

Un bruit de pas enfin. La mère supérieure, c'est
comme ça qu'elle se présente à moi. Je dois tout
recommencer, retrouver les mots pour expliquer.
Cette fois, je ne mens pas, je raconte le prince,
Tatiana. Et je montre la photo.

La supérieure regarde, le visage impassible. Je
n'y crois plus. Un moment, je sens quelque chose
en moi qui renonce.

Elle me raccompagne jusqu'à la porte. Appuie
sur le loquet. Reste le geste suspendu.

– Il faudra revenir lundi.

Elle pose sur moi un regard doux, confiant.

– C'est l'heure de la sieste vous comprenez…
Et puis c'est jour de prière.

Elle ouvre la porte, s'efface pour me laisser sortir.
– Mais elle ne s'appelle plus Tatiana… Elle est sœur Angelina.

Après ça, je suis tellement heureuse, je cours chez vous. Quand j'arrive, la boutique est fermée. C'est l'Épiphanie, vous me l'aviez dit.

Il y a de la lumière au-dessus. À l'étage. Beaucoup de lumière. Derrière toutes les fenêtres. Des invités.

Je tourne dans le quartier. Je bois un café dans un bar. Un moucheron vole autour de ma tasse. Il s'approche, trop près. Ses ailes touchent le liquide. Il se noie. J'essaye de le sauver. À la cuillère. Le café est brûlant. Quand je sors le moucheron, il est mort.

J'ai la nausée. Je regarde par la fenêtre.

La nausée passe.

Dehors, il fait déjà nuit.

Je reviens devant chez vous. Je regarde à l'intérieur, les livres, le bureau. À l'étage, la lumière.

Je pense à vos lèvres sèches dans le vin. J'aimerais boire avec vous. Connaître cette ivresse-là.

Je suis encore là quand j'entends les voix, des pas dans la boutique, un bruit de clé qui tourne. Je traverse, je me cache en face, dans l'ombre d'un mur.

La porte s'ouvre. Je vous vois, vous êtes avec des amis, sur le devant de la porte.

Vous les raccompagnez.

Vous parlez. Vous semblez heureux.

Vos amis s'éloignent et je vois cette femme auprès de vous. Cette femme qui est sans manteau et qui vous tient par le bras. Qui se colle à vous.

Je la vois pour la première fois.

Vos amis s'en vont.

Ils se retournent et ils vous saluent encore. Elle et vous. Ils disparaissent.

Un rire encore au loin et puis plus rien. Venise les avale. Sur la place, autour, le silence revient.

Vous restez seul avec la femme sans manteau. Seul sur le pas de la porte à regarder la nuit.

Je fais un pas. À peine. Rien. Je voudrais juste vous dire pour Tatiana.

Vous dire.

Juste un mouvement.

Vous me voyez. Vous seulement. Votre visage change.

Vous cessez de sourire.

Vous hésitez et vous faites un pas. À votre tour.

Je suis sûre de ça.

De ce pas. Mais vous ne venez pas.

Vous vous détournez et vous refermez la porte derrière vous

Déjà, au-dessus, un rideau se tire. Un autre.

Une à une, toutes les lumières de l'appartement s'éteignent.

Le lendemain, je retourne au Harry's Bar. Avant de vous voir, je sais que vous êtes là. Dès que j'entre. Assis sur l'un des hauts sièges du bar. À la même place.

Je m'approche. Je me glisse à côté de vous. Au plus près. À vous sentir.

Je commande un cognac. Sans glaçon.

Je chauffe l'alcool entre mes mains.

Vous restez silencieux. Vos mains comme en étau autour de votre verre.

— Ne faites plus jamais ça.

Vos doigts deviennent blancs.

— Plus jamais quoi?

— De venir comme ça, la nuit.

Le cognac me coule dans la gorge, brûlant.

– J'ai retrouvé Tatiana. Je voulais vous dire ça.

Vous ne répondez pas.

Vous tirez une cigarette de votre paquet. Vous l'allumez. Vos gestes sont lents, incroyablement pesants. Vous passez votre pouce sur vos lèvres, plusieurs fois.

– Vous m'en voulez ? je demande.

– Je ne sais pas.

Je croise vos yeux. Un instant, vous, tout entier. Vous dites :

– Non, je ne vous en veux pas.

Vous finissez votre verre. Vous en commandez un autre. Un autre pour moi aussi. Et vous posez votre cigarette entre nous deux.

– Alors Tatiana ?

– Elle est dans le couvent des sœurs dominicaines. Dans le Castello. Pas loin de la pension.

– Vous lui avez parlé ?

– Non. Je dois la voir lundi.

Vous laissez votre main glisser sur le cuir du fauteuil. Des mains fines, presque blanches.

Vous avez l'air fatigué.

Je pense aux autres hommes, aux autres mains.

Quinze jours que l'on se connaît.

Que je vous connais au-dedans de moi comme une éternité.

Vos gestes, votre sourire.

Jusqu'à votre odeur.

Derrière les fenêtres, la nuit tombe.

Un couple entre. Ils choisissent une table à l'écart au fond de la salle. Ils sont ensemble, ils se parlent. À un moment, ils s'attrapent les mains. Ils font ce geste simple. Je les regarde. Vous les regardez aussi. C'est impossible de faire autrement.

Vous prenez votre téléphone et vous appelez chez vous. Vous dites que vous rentrerez tard. Qu'il ne faut pas vous attendre.

Vous n'expliquez pas.

Après, vous vous tournez vers moi.

– On va dîner quelque part ?

Ça continue comme ça vous et moi, comme ça précisément. Dans un restaurant sur le Grand Canal.

Une table contre le mur, un peu à l'écart. Je commande des spaghettis *alla sepia*. Vous me dites que les seiches sont pêchées dans les zones les plus polluées de la lagune. Que leur chair est empoisonnée par le cyanure.

Qu'il faut savoir ça avant d'en manger.

J'en prends quand même.

Alors vous en prenez aussi.

Vous dites :

– Au dessert, il faudra se tutoyer.

Au dessert seulement.

Je fais oui avec la tête.

On se regarde par-dessus nos verres et après encore, par-dessus nos fourchettes.

– Vous avez toujours vécu au milieu des livres ?

– Toujours.

– Et quand il n'y a pas de livres ?

– Il y a du temps que l'on m'arrache, du temps que je perds. J'essaye de lutter…

Vous souriez, consentant.

– Mais je m'efforce de gagner chaque jour ma part de bonheur.

Vous me regardez.

– Vous avez froid ?

– Non.

– Vous tremblez.

– C'est Venise, toute cette eau…

On parle de Venise, de cette ville que vous aimez par-dessus tout.

– Au début, le silence dans Venise peut rendre fou.

On parle du prince, de Tatiana, de leur amour.

On nous apporte le dessert, des fruits avec du nougat, de la glace et des tuiles en biscuit.

On ne se tutoie pas.

Dehors, il fait nuit. Je ne veux pas vous quitter. Pas encore.

Pas déjà.

– J'aimerais aller à la gare, voir cet endroit de rails et de lagune, vous savez quand le train s'éloigne, on dirait qu'il roule sur l'eau.

Vous me regardez. Ça devient terrible la tension entre nous.

– Voir la gare ? De nuit ?

Vous dites oui, c'est possible, ce n'est pas loin.

Et puis dans un souffle :

– Je voudrais vous raccompagner à la pension.

Je veux aimer. Ressentir encore cela. Avec vous, comme si ce devait être la dernière fois.

Avec la nuit, les lampadaires sont tous allumés. Ils éclairent les rues, les places. Je marche à côté de vous. Au plus près. Parfois, votre bras touche le mien. Cela suffit. Cela suffit à tout.

Campo San Giovanni e Paolo, le rio tout près. On ralentit. C'est presque impossible de marcher plus lentement. À moins de s'arrêter.

On pourrait s'arrêter.

On ne le fait pas.

On continue.

– C'est là, je dis.

La porte. La clé. Je ne veux pas vous quitter.

Je le sais.

Vous le savez aussi.

Ce besoin de vous.

Je crois que vous voulez cela aussi.

À ce moment, oui, vous le voulez. Vous me regardez et vous dites oui. Je vois dans votre regard le moment où ça se passe.

Ou vous acceptez cela.

Vous faites un pas vers moi. Un moment, nos mains, à peine effleurées. Je tourne la clé. Je pousse la porte.

La petite lumière est éclairée tout en haut derrière la verrière. C'est la seule lumière. Tout le reste du jardin est dans la nuit.

Je sens votre présence. Derrière moi. Presque contre. Je veux vous voir. Voir votre visage. Vos yeux à ce moment-là.

Être face à vous.

Je me retourne. Lentement.

Je tends la main. Et puis je vois cette ombre derrière vous.

C'est une voix qui vient de la rue. De mon ventre ou d'ailleurs, ça n'a plus d'importance.

La voix dit votre nom.

Une ombre. Une main.

C'est votre ami, un de ceux qui étaient devant chez vous ce soir-là. Le soir de l'Épiphanie.

Peu importe qui.

Un ami.

Il vous parle et vous l'écoutez et je sais que c'est fini.

Un instant, vos yeux, vos mains, démunis.

– Je te raccompagne chez toi.

C'est ce qu'il dit.

Il insiste et il vous prend par le bras, doucement il vous entraîne.

Déjà vous reculez, vous quittez le jardin, vous faites ce pas qui vous ramène dans la rue.

À lui. À eux.

À la femme sans manteau.

Votre ami sourit. Il se retourne. Un instant, je croise ses yeux. Je ne fais pas un geste. Qu'est-ce qu'il a compris ? Qu'est-ce qu'il sait de nous ? Je crois que je ne dis pas un mot.

Je vous regarde partir, collée contre la porte. Jusqu'à ce que vous ayez disparu.

Que la rue ait repris sa vie de rue sans vous.

Je vous attends. Longtemps après. Je pense que vous allez revenir. Je suis sûre de ça.

Dans le jardin, je mange la neige comme enfant je mangeais la craie. Pour vomir.

Me vider du dedans.

Je vous attends même quand je sais que vous ne reviendrez plus.

Dans le lit, plus tard, roulée en boule, je vous attends encore.

J'entends le prince derrière la porte. Je l'entends frapper. Appeler doucement.

Et puis s'éloigner.

Revenir.

Je l'entends respirer.

Je passe la soirée collée au radiateur. Je ne me réchauffe pas. Je remplis le lavabo d'eau bouillante. Je trempe les pieds dedans. Les mains. La chaleur revient. Ça ne dure pas. Je retourne au radiateur.

La nuit est interminable.

Même pleurer je ne peux pas.

Le prince me regarde sortir de la chambre. Quand il voit mes yeux, il fait de son mieux.

– J'ai eu de la visite, deux nouveaux moineaux. Je me demande comment ils font pour savoir qu'il y a une mangeoire à ma fenêtre. C'est mystérieux les oiseaux n'est-ce pas ?

Il me montre la bouteille.

– Du chasse-spleen.

Il verse le vin.

– Buvez !

– Je n'ai pas envie.

Il sourit.

– Tatiana était comme vous, le verbe têtu, le même front buté.

Il dit Tatiana.

Il fait ça pour moi, le nom, Tatiana, ainsi prononcé.

Il me tend mon verre.

– Le chasse-spleen, le vin par excellence. Il ne se refuse pas. On dit que les dieux eux-mêmes le boivent les jours de grand désespoir. Fermez les yeux. Comme je vous l'ai appris, voilà, c'est bien. Laissez-vous porter, le vin fera le reste.

Je prends le vin dans ma bouche. Goût de fleurs, de branches. Je le garde un moment et je le laisse couler.

Le prince me fixe. Mes yeux. Ce chagrin démesuré.

– Ce Manzoni, je pourrais le tuer avec mes mains de vous faire ça.

Il reste silencieux. À son tour, il boit un peu de vin.

– L'amour est la chose la plus brutale qui soit. Tellement soudaine. Il faudrait pouvoir s'en protéger n'est-ce pas?

Il regarde le vin dans son verre.

– La première fois que j'ai embrassé Tatiana, c'était au fond du lac. Toute ma vie je me souviendrai de ce bonheur-là. On était allés ramasser des fleurs dans les champs alentour, un bouquet chacun. On a plongé avec et on les a lâchées sous l'eau. C'est ce jour-là, on s'est embrassés pour la première fois... Au milieu des fleurs qui flottaient. Après, l'hiver est venu, le lac a gelé, on est allés marcher dessus. On s'est couchés, on voulait voir le village à travers. C'était impossible. On a cassé la glace à grands coups de pierre mais l'eau était trop froide, on n'a pas osé plonger.

Il détourne la tête.

– Il faut apprendre à se pardonner, alors seulement on peut vivre mieux.

Je retrouve Carla le lendemain matin. Elle porte un pull, un jean sombre et des baskets. Les cheveux en bataille. Presque négligée.

Elle s'assoit.

Prend une biscotte, la recouvre d'une fine couche de confiture.

– Je ne veux pas épouser Valentino.

Elle se force à sourire.

– Je croyais pouvoir…

Elle repose sa biscotte. Me regarde.

– Comment ils font les autres, ceux qui aiment toujours?

Sa voix est rauque, presque inaudible.

Tellement triste soudain.

Luigi a jeté le trois-mâts dans la grande poubelle d'entrée, le château par-dessus. Écrasé.

En même temps qu'il a jeté les maquettes, il a jeté ses patins. Les siens et tous ceux du carton.

Maintenant, le carton est vide, il sert de poubelle à papier.

Le lendemain, au petit déjeuner, Carla n'est plus là. Sur la table, il y a sa tasse. Un fond de café.

Un papier plié en quatre sous ma serviette

Je pars par le train de dix heures. Viens me voir à Paris.

Glissées dans l'enveloppe. deux invitations pour le spectacle.

Il est un peu plus de neuf heures. En courant, j'ai le temps d'attraper un vaporetto à l'Ospedale et de faire le trajet jusqu'à la gare. On est en semaine. Les passagers sont nombreux, les arrêts longs. Quand j'arrive à la gare, il est presque dix heures.

Il y a du monde dans le hall, du monde aussi sur les quais, en attente et à l'embarquement des trains. Le train qui va à Rome est le dernier, tout en bout de quai. Je le remonte, des wagons de queue jusqu'à ceux de tête, j'essaie de voir à l'intérieur. Je vais et je reviens.

Et puis je la vois, assise toute seule dans son compartiment encore vide. Immobile. Sa grande écharpe multicolore enroulée autour de son cou. Je cogne de la main contre la vitre. Une fois suffit.

Carla tourne la tête. Quand elle me voit, elle se lève, elle baisse la vitre, m'attrape les mains.

– J'ai essayé de te réveiller ce matin mais tu dormais. Je ne peux plus rester tu comprends, je ne peux plus… Tu viendras me voir à Paris ?

– Je viendrai.

– Promis ?

– Promis.

Elle sourit, radieuse.

– J'ai envie de danser tu sais, de danser seulement. Il n'y a que ça qui me plaise. Et toi, qu'est-ce que tu vas faire ?

– Je ne sais pas. Je vais rentrer.

– En France ?

– Oui.

Sur le quai, le chef de gare siffle. Quelqu'un passe derrière moi en courant. Tout de suite après, les portes se ferment.

– On va partir !

Déjà, le train s'ébranle. Je marche en suivant le wagon.

– Et Tatiana, tu l'as retrouvée ?

– Je vais la voir cet après-midi dans son couvent.

Je dois courir.

– Et Valentino ?

– Je ne sais pas… Je crois que c'est fini… Tu m'enverras ton adresse ?

– Je te l'enverrai.

Le train avance trop vite, on doit se lâcher.

J'entends Carla crier :

– Et ton libraire ?

Et puis :

– Sois heureuse !

Sa main se tend. Dernier signe.

– Sois heureuse toi aussi Carla…

Elle le sera. En la voyant, son visage rayonnant à la fenêtre, j'en ai la certitude. Je marche jusqu'au bout du quai.

Le train s'éloigne.

Je le regarde disparaître.

Midi, impossible d'avaler quoi que ce soit. Juste un café Campo San Apostoli. Après je m'enferme dans un cinéma. Je traîne encore et puis je reviens.

Je sonne.

Derrière la vitre, la religieuse sommeille. Pas besoin d'expliquer. Elle me reconnaît.

– *Un momento…*

Elle prend son téléphone. Quelques minutes après, j'entends des pas dans le couloir.

C'est Tatiana. Je suis sûre que c'est elle. Elle n'est pas morte, elle n'est pas folle. Elle est juste devenue une vieille dame.

Une très vieille dame avec de grands yeux d'enfant. Un visage doux, immensément lumineux.

Elle porte l'habit blanc. Des bas, des socquettes et un long chapelet qui lui pend à la ceinture. Un voile gris recouvre ses cheveux.

– Tatiana… ?

Elle s'approche. Elle sourit doucement.

– Il y a tellement longtemps qu'on ne m'a pas appelée comme cela.

Et puis :

– Venez.

Je la suis le long d'un couloir. Quelques fauteuils. Une chapelle. Au bout du couloir, une porte vitrée qui donne sur le dehors. Tatiana boutonne un à un les boutons de son gilet et elle pousse la porte.

– Voilà notre jardin.

Elle s'avance à petits pas sur l'allée de gravier, entre les arbres.

– C'est l'hiver mais au printemps ce jardin est l'un des plus beaux de Venise.

Elle parle le français, un langage précis avec une courtoisie ancienne, légèrement démodée.

Elle me montre, près du puits, un olivier.

– L'été dernier, tout a gelé. Nos arbres sont morts.

Elle m'en désigne un autre, un coin plus à l'abri contre le mur.

– Celui-ci a résisté, c'est le seul.

Un chemin sous les tonnelles.

Une glycine.

– L'été, les fleurs poussent en grappes qui traînent jusqu'à terre. Nous avons des hortensias, des géraniums, des pétunias, des marguerites aussi.

Elle me regarde.

– Il vous faudra revenir au printemps.

Au pied d'un arbre, du muguet par touffes, des brins de fleurs séchés par le froid. Il reste de la neige dans les coins les plus à l'ombre.

Des petits murets de pierre sculptée retiennent la terre. Aux grosses pluies, ils empêchent l'eau de tout emporter. Tatiana me montre un passage, un bâtiment de l'autre côté de la haie.

– C'est une annexe, nous y logeons des hôtes dans le besoin. Ils ont accès à notre jardin.

Le jardin donne sur le rio.

Une religieuse passe derrière les arbres. Ombre blanche Silencieuse.

À nos pieds, des plants de fraises. Des rosiers.

– On dirait le paradis.

Elle sourit.

– *Il paradiso è più grande, più bello.*

Près de l'entrée, une table, des chaises. Un puits sculpté d'animaux étranges.

C'est vers eux qu'elle se tourne, songeuse.

– Ainsi donc, il est ici.

Elle me prend le bras, me guide dans un repli du jardin. La grotte de Marie.

Une vierge avec des anges, des fleurs. Dans la pierre, des coquillages soudés dans du ciment. Un bassin. De l'eau.

Tatiana se signe, elle reste debout devant la vierge, une main en appui sur le bassin.

– Racontez-moi.

– Il est dans une pension, pas très loin, dans le Castello.

Elle reste sans rien dire.

À la fin de son silence, simplement :

– Comment va-t-il ?

– Il est vieux, il va mourir.

Je reviens par les quais sur Fondamente Nuova. Le vent souffle, creuse la lagune de vagues profondes. Les bateaux ont du mal à passer. Même marcher est difficile.

Je rentre à la pension. Je trouve Valentino dans le jardin, assis sur le banc, avec les chats. C'est la première fois que je le vois en dehors de chez Luigi.

– Je peux m'asseoir ? je demande en m'arrêtant à côté du banc.

Il ne répond pas. Simplement un geste vague avec la main.

– Elle est partie, il dit.

Il va chercher de l'eau à la fontaine. Remplit une gamelle. La pose devant lui au milieu des chats.

– J'ai retrouvé Tatiana.

Je lui raconte l'histoire. Tout ce que je sais d'elle, de son amour pour le prince et ces nuits durant lesquelles elle a appris à lire en cachette.

– Tatiana est arrivée ici il y a plus de dix ans. Par hasard. Et puis elle est restée pour s'occuper des malheureux. Elle dit qu'il y en a beaucoup. Ils ne sortent pas le jour. Seulement la nuit. C'est pour eux qu'elle est là. Les plus faibles, elle les ramène à l'annexe. Elle les soigne.

Je me tourne vers Valentino.

– Demain, il faudra m'aider à descendre le prince.

– Descendre le prince ?

– Tatiana sera à deux heures sur les quais de Fondamente Nuova.

– Pourquoi elle ne vient pas à la pension ?

– Chacun doit faire un peu de chemin. Tu m'aideras n'est-ce pas ?

Les chats n'ont pas soif. Certains font leur toilette devant nous. D'autres s'éloignent. L'un d'eux, plus familier, s'approche et vient se frotter aux jambes de Valentino.

– Nous descendrons le prince et nous l'emmènerons là-bas. En passant par la Calle delle Cappuccine. Il n'y a pas de ponts.

Valentino soulève le chat, le pose sur ses genoux. C'est une femelle, la tête fine, le corps efflanqué. Il caresse l'animal. Longuement.

– Et s'il n'est pas d'accord ?

– Alors j'irai seule au rendez-vous et j'expliquerai à Tatiana.

De retour dans le salon, le prince m'attend.
Quand il me voit, il comprend. Tou$^+$ de suite. À
mon visage.

Il me montre le siège à côté de lui.

Je lui raconte la visite, le jardin. Quand j'ai fini,
je le regarde. Ses yeux sont mouillés. Étrange-
ment lumineux.

– Elle veut vous revoir...

Le soir, il ne mange pas. Il reste dans sa
chambre.

Je dîne seule. Quand j'ai terminé, je vais à sa
porte. Je n'entends rien, pas même la musique.

Je n'entre pas.

Le lendemain, le prince est prêt bien avant l'heure. Il porte un grand manteau, une écharpe nouée autour du cou. Sous le manteau, la veste bleu marine.

Valentino nous attend. Luigi aussi. C'est lui qui ouvre la porte. Le prince roule jusqu'au palier. À nous trois, on attrape le fauteuil et on le soulève. On le fait descendre. Lentement. Une marche après l'autre. Valentino retient par devant. Il empêche le fauteuil de basculer.

Quand on arrive au premier palier, on s'arrête pour souffler. Et puis on reprend, marche après marche. Jusqu'à la dernière.

J'ai les mains qui brûlent.

Le prince ne dit rien.

Juste quand on arrive dans le jardin, il regarde autour de lui.

– Comme c'est beau ici.

On remonte l'allée jusqu'au portail. La rue, il la connaît. D'en haut. De sa fenêtre. Il lève la tête, regarde l'endroit de vitre. Les rideaux.

Luigi nous laisse.

– Appelez-moi quand il faudra le remonter.

C'est Valentino qui pousse le fauteuil.

– Il est à peine treize heures, on a du temps. Si on allait prendre un café sur le Campo?

On remonte la rue.

– En terrasse ou à l'intérieur?

C'est le prince qui répond.

– En terrasse et au soleil !

On demande au serveur de nous tirer une table à l'abri. On mange, des petits gâteaux secs et d'autres fourrés à la confiture. On boit des chocolats que l'on commande brûlants. On tient les tasses entre nos mains. On respire, le nez dans la vapeur, en se regardant par-dessus comme font les jeunes enfants.

On est les seuls dehors avec ce temps.

Le prince regarde autour de lui. Tout ce qui est là. Ce dont il a été privé. Les odeurs. Les visages.

– Ce fut un long silence, un très long silence.

Il n'a pas d'autres mots.

Il sait qu'il va revoir Tatiana.

Il n'en parle pas.

Je ne sais pas s'il a peur. Valentino plaisante, il raconte des histoires, des blagues qui nous font rire. Il est parfait. Je comprends soudain pourquoi Carla l'a tant aimé.

À un moment, il me touche le bras.

– Il est l'heure.

– Tu viens avec nous ?

– Non, c'est votre histoire… Mais je vais vous attendre.

On revient sur nos pas, Calle Barbaria delle Tolle, on passe devant la pension et on continue vers la Calle delle Cappuccine. Le fauteuil est lourd à pousser.

Le prince ne dit rien. Il regarde devant lui. À peine s'il bouge la tête.

– Ça va aller? je demande en posant ma main sur son épaule.

Il ne répond pas. Je ne sais pas ce qu'il ressent.

J'entends sonner le clocher d'une église tout près.

Le prince entend aussi. Il se tourne vers moi, m'attrape la main.

– Et si on se trompait? Si elle ne venait pas?

– Elle viendra.

Il frissonne. Il n'a pas voulu de couverture. Seulement son manteau. Cette peur qu'il ressent, je la ressens aussi.

On débouche tout au bout de la ruelle, face au large. Tatiana n'est pas là. Ni elle ni personne.

Les minutes passent.

On attend.

Et si elle ne venait pas.

Cette angoisse est à vomir. On attend encore cinq, peut-être dix minutes, et puis on la voit qui arrive, tout en haut, par les marches du grand pont.

Elle nous voit à son tour. Elle s'arrête, une main en appui sur la rambarde de pierre. Un instant comme figée.

Et puis elle descend les marches, l'une après l'autre.

Elle franchit l'espace entre les deux ponts. Elle s'avance. À petits pas lents.

Le prince la regarde venir, les mains rivées sur les accoudoirs. Des minutes longues.

Des minutes pour des années de silence.

– Ne partez pas !

Je pose ma main sur son épaule.

– Je ne serai pas loin.

Maintenant, entre les deux ponts, il n'y a plus que lui et Tatiana. Tatiana s'avance. Elle s'approche du prince, au plus près. Je ne sais pas ce qu'elle lui dit mais je vois ses lèvres bouger.

Peut-être qu'elle murmure son nom Le sien. Leurs deux noms murmurés.

Retrouvés.

Je ne sais pas.

Elle se baisse. Presque à genoux elle est.

Presque en croix.

Elle approche sa main et puis elle approche la main du visage et doucement, elle le tourne vers la lumière.

– Ils sont restés un moment sur le quai. Ensuite, comme il faisait très froid, ils sont entrés dans un café. Une table près de la fenêtre. Ils ont parlé une heure, à peine plus. Après, Tatiana s'est levée et elle est allée téléphoner. Cinq minutes plus tard, un taxi est venu les prendre.

– Ils sont allés où ?

– Je ne sais pas.

Valentino tient la porte et on s'engouffre dans l'escalier.

On trouve Luigi dans la cuisine, penché sur la table. Il dessine. À la règle et au crayon gris.

– Les plans du Campanile... Quadrillé à l'échelle. Venez voir !

Il nous montre ses papiers.

– Le premier Campanile est tombé en 1902. Mon père l'a vu quand il s'est écrasé. Ça devrait faire une belle maquette!

Il se tourne vers moi.

– Je vous la donnerai si vous voulez.

– Le prince a retrouvé Tatiana, je dis.

– Je sais, il vient de téléphoner. Il ne rentre pas.

– Il ne rentre pas?

– Non. Il est au couvent, dans l'annexe. Il paraît qu'il y a une chambre là-bas pour lui.

L'annexe, le jardin, les arbres.

– Et ses affaires?

– Il enverra quelqu'un les récupérer.

– Sa mangeoire…

– Il l'accrochera aux arbres de là-bas!

Luigi me regarde.

– Ah non, vous n'allez pas me laisser ça!

Je me mets à rire.

– Luigi! Les oiseaux sont habitués!

– Moi aussi je me suis habitué. À vous, à lui, et alors?

Il ouvre sa colle. L'odeur se répand.

– D'abord, dès que vous êtes tous partis, je fais rentrer mes chats.

Il me regarde par-dessus ses lunettes.

– Tous mes chats.

– Les dix-huit?

– Les dix-huit.

Il colle sa première allumette.

– Et les chats, ça bouffe les oiseaux.

Il en colle une autre, une autre encore, toutes celles qui vont recouvrir le parvis.

Il me montre la corbeille au-dessus du frigo.

– Vous avez du courrier.

Une enveloppe. Je reconnais votre écriture. À l'intérieur, une vue de Venise, une place au petit matin. Quelques mots. *Mardi, à vingt heures, devant la Chiesa degli Scalzi. On ira voir les rails*

C'est un adieu. Vous le savez. Je le sais aussi
On marche le long des ruelles étroites. Devant
nous, la nuit, la route au loin, le pont qui relie
Venise à Mestre Quelques voitures. Des phares.

Le parking de la Piazza Roma tout près.

La gare de Santa Lucia. On entre. Le hall,
désert. On remonte les quais et après les quais,
les rails. C'est interdit de venir traîner là.

– C'est loin la mer ? je demande

– Non, ce n'est pas loin.

Vous me montrez devant, la nuit, les rails qui
se perdent et la lagune tout autour.

Vous êtes là. Je tends la main. Je voudrais vous
toucher. Je n'y arrive pas.

Ça ne servirait plus à rien.

– Le prince est avec Tatiana. Il va vivre avec elle, là-bas, dans l'annexe du couvent.

On marche encore. Après les barrières. Maintenant, sur le sol, c'est du gravier.

On continue.

Ça n'en finit pas.

À un moment, vous vous arrêtez et vous dites :
– C'est là.

Parce qu'il y a l'eau. Le quai. Que le quai s'avance sur l'eau et que c'est déjà une façon pour nous de nous quitter.

À partir de là, il n'y a plus de gestes possibles, plus de paroles. Ma main retombe.

Autour, la présence forte de lagune. L'odeur. Les étoiles, le ciel, le silence.

Et puis vous. Je ne vous regarde pas.

– Allez-vous-en.

Je ne sais pas si vous m'entendez.

Sans doute vous ne comprenez pas.

Sans doute aussi je vous aime à ce moment-là.

De l'autre côté des rails, des sirènes se mettent à hurler. Je fixe le sol, la terre entre mes pieds.

Je me tais.

C'est ma part la plus belle, mon silence. Un instant, ma part la plus belle, à vos pieds.

Mais en attendant.

L'éternité, le dos au mur. À m'écraser les mains contre la pierre. Sans pouvoir bouger.

Je n'entends rien de votre adieu. Rien. Pas un mot.

Vous partez.

Vous partez vite.

Je n'entends pas mais à un moment, je sais, vous n'êtes plus là.

C'est une évidence.

Plus dans l'onde autour. Vous êtes parti.

Une brise légère se met à souffler, ramène les odeurs de vase qui stagnent sur la lagune. Des odeurs d'usines, de déchets.

J'ouvre la bouche, j'avale l'air, le hurlement des sirènes, l'odeur verte de la vase. J'avale la puanteur du goudron qui recouvre les rails, la graisse coulée. J'avale tout.

Je me tiens le ventre.

Je m'en veux.

Ce n'est pas comme ça qu'on aurait dû se quitter.

Je ne vous revois pas.

Le lendemain, je passe à la galerie, je regarde les toiles de Music. Les petits ânes de Dalmatie. Le visage d'Ida.

Je traîne. Il y aurait tout à faire. Je ne fais rien. Je vais boire un chocolat au Florian.

J'ai envie de partir.

D'être loin.

Dix-sept heures, devant l'entrée de l'annexe. Une porte qui ouvre dans une ruelle de côté. Je sonne. C'est le prince qui vient m'ouvrir.

– Je vous attendais. Depuis ce matin je vous guette.

Il me guide jusqu'à son appartement, un deux-pièces, cuisine-chambre, qui donne directement sur le jardin.

– N'est-ce pas merveilleux ? il dit en montrant autour de lui toute l'étendue de son nouveau domaine.

Il tire du placard un paquet de pain d'épices, déchire l'emballage.

– Vous vous rendez compte, je peux entrer et sortir comme je veux. Tatiana dit qu'au printemps, je pourrai tailler les fleurs, m'occuper des rosiers et même bêcher la terre au pied des grands arbres. Elle dit que je pourrai aussi m'occuper de la bibliothèque, qu'il y a beaucoup de livres à classer, des livres très anciens.

Sur la table, deux assiettes. Il dispose des tranches de pain d'épices dans chaque assiette, les écrase à la fourchette. Ensuite il rajoute le lait. Deux cuillerées de vodka.

– Tenez, goûtez ça!

C'est fort. Ça nous fait rire.

– Comment va Luigi? il demande.

– Il a recommencé une maquette. Le Campanile. Il dit que quand on sera tous partis, il va faire remonter ses chats.

– Et Valentino?

– Il va s'en aller lui aussi.

– Et vous? Comment allez-vous?

– Moi?... Je suis tellement heureuse de vous revoir.

J'ouvre mon sac.

– J'ai quelque chose pour vous.

Je sors la petite boîte en tissu bleu dans laquelle le prince garde son scarabée. Quand il la voit, il éclate de joie.

– Tolstoï! Vous avez pensé à m'amener Tolstoï!

Il prend la boîte, il l'ouvre.

– Mon Tolstoï...

Il fait glisser le scarabée dans le creux de sa main et il le caresse doucement, du bout du doigt.

– Vous pensez qu'il va s'habituer ? La chambre est plus petite, il n'aura plus ses odeurs…

Il sourit, soudain plus confiant.

– Je crois qu'il sera bien. Regardez ce jardin ! Peut-être que je pourrais lui rendre sa liberté… Comment vivent les scarabées ? Ils font des trous dans la terre n'est-ce pas ? Des trous dans la terre… Tolstoï ne saura pas. D'un autre côté, le garder dans sa boîte alors qu'il y a un si beau jardin ! Qu'en pensez-vous ?

Il remet Tolstoï dans sa boîte. Il me prend la main.

– Nos soirées me manqueront. Le vin, tout ce vin que nous avons bu ! Vous n'oublierez pas n'est-ce pas ?

– Je n'oublierai pas.

– Quand est-ce que vous partez ?

– Demain.

– Demain… Vous reviendrez ?

– Ici ? À Venise ? Je ne sais pas…

On reprend du pain d'épices. Quand on a fini, le prince ramasse les assiettes, il les dépose dans l'évier.

– Moi aussi j'ai quelque chose pour vous. Que je veux vous donner. Promettez-moi de le prendre.

– Je ne comprends pas…

– Promettez !

– Je promets.

– Apportez-moi un peu d'eau dans cette cuvette, du savon aussi. Et puis le torchon que vous voyez là.

Je pose la cuvette sur la table devant lui. Le prince se lave les mains. Avec le savon, il frotte longuement et il fait glisser sa bague.

Il l'essuie et il me la tend.

– Donnez-moi votre main.

– Je ne peux pas.

– Mais si vous pouvez.

– Pas ça…

– Écoutez, ce bonheur que je ressens, vous pouvez le comprendre ? Alors donnez-moi votre main !

Il dépose la bague dans le creux de ma main et il referme mes doigts, tous, les uns après les autres. Il garde ma main dans les siennes.

– Elle sera très bien avec vous. Maintenant dites-moi, à quelle heure partez-vous ?

– Par le vaporetto de sept heures.

– Sept heures… Je penserai à vous… Vous allez me manquer.

Il serre ma main un peu plus fort.

– Et votre libraire, vous ne voulez pas m'en parler ?

– Non...

Le prince me regarde, un moment silencieux, et puis il empoigne les roues de son fauteuil.

– Maintenant, suivez-moi, je vous fais visiter.

Il ouvre la porte, passe devant.

– Nous avons une une salle de rencontre et une autre salle aussi pour la musique...

Il se retourne vers moi.

– Tatiana ne va pas tarder. Elle a dit que ce soir, nous dînons ensemble.

Quand je rentre, je trouve Luigi dans la chambre du prince. Il a défait le lit, jeté les draps en tas sur le sol. Les couvertures. Les oreillers. Des cartons vides sont entassés contre le mur.

Je l'aide à remplir les cartons. Les livres, les disques, les vêtements. Je décolle les photos.

– Manzoni a téléphoné.

C'est ce que Luigi me dit. Sans se retourner.

Les tickets de café, le morceau de mosaïque de San Marco. Je glisse tout à l'intérieur.

– Je lui ai dit que vous partiez.

Avant de refermer, je glisse aussi mon carnet.

Maintenant, la chambre est vide. Les cartons sont empilés. Quelqu'un passera les prendre, Luigi ne sait pas quand.

Je passe la nuit à la fenêtre. Sans dormir.

Le matin à six heures. Derrière la verrière, le jour se lève. Luigi a laissé pour moi du café dans le Thermos. Quelques biscuits. Au milieu des biscuits, une crème parfumée à la framboise.

Sur la table, un bouquet de roses. Quelques pétales tombés. Un paquet enroulé dans du papier kraft. Un Post-it est collé dessus. L'écriture de Luigi : c'est pour vous, arrivé hier soir. Tard.

Je bois le café. Il est chaud. Fort comme j'aime. Je finis ma tasse. J'en reprends une autre.

Avec ma main libre, je déchire un morceau du papier. Je déchire encore parce qu'il est enroulé en double épaisseur. Par la déchirure, je vois l'éclat rouge de la peinture. C'est le pantin, le pantin de bois qui était accroché à votre fenêtre.

Je passe ma main dans mes cheveux. La verrue a presque disparu. Une boursouflure à peine sensible.

Je laisse le pantin sur la table.

Luigi m'a dit, vous accrochez la clé au clou et vous tirez la porte derrière vous.

La porte de vitre et la porte de bois. Le claquement léger. Je descends. Le jardin. La rue.

La Calle delle Cappuccine. Je ne croise personne, il est encore trop tôt. La lagune. Des algues flottent à la surface. La lumière pâle sur l'eau. J'attends, quelques minutes à peine, et le bateau arrive. Je ne suis pas triste.

C'est autre chose, un sentiment diffus qui me remplit. Comme si toute une part de moi s'était reconnue en vous.

Toute une part de moi.

C'est cela.

Cela seulement.

Je monte dans le bateau et je regarde la ville s'éloigner.

BABEL

Extrait du catalogue

COÉDITION ACTES SUD – LEMÉAC

Ouvrage réalisé
par les Ateliers graphiques Actes Sud.

Cet ouvrage a été imprimé en France
par CPI Bussière
à Saint-Amand-Montrond (Cher)
en mai 2009
sur papier fabriqué à partir de bois provenant
de forêts gérées durablement (www.fsc.org)
pour le compte
d'ACTES SUD
Le Méjan
Place Nina-Berberova
13200 Arles.

Dépôt légal
1re édition : janvier 2006
N° impr. : 091686/1